椿飛ぶ天地

滑志田 隆

論創社

目次

平壌号　1
椿飛ぶ天地　115
あとがき　210

翔ぼうとする人・村上勝美作

平壌号

一

庄内平野に差しかかると地吹雪が襲ってきた。地図を頼りに辿り着いた海岸に泡状の波の花が舞っていた。打ち上げられたまま放置された漁船を見た。それは満身創痍というほどに破損しており、日本海の荒波や岩と格闘した傷跡が生々しかった。

月山、朝日の連峰が麓まで雪におおわれた日であった。山形市に住む吉岡和男は四輪駆動のマイカーで奥羽山脈を越えた。助手席には東京から訪ねて来た武田則之がすわっていた。四十数年前の大学生の時から付き合い続ける友である。その年の秋から冬にかけて十艘を超える無人の船が秋田、山形、新潟各県の沿岸に漂着し、テレビや新聞で取り上げられた。報道写真を趣味とする武田はこれを一眼レフのカメラで撮影することを企図し、吉岡に案内役を依頼したのだった。

全長十メートルに満たない漁船内の遺留物にはハングル文字が刻まれていた。航跡は日本海の荒波の彼方に没していた。

その小旅行から二年近くが経つが、吉岡は漂流船の惨めな姿をよく覚えている。脳裏にこびり付いて離れない。生臭い海の臭いと波の花の記憶とともに何度もよみがえって来る。荒海へ駆り立てられた漁民たちは、重い苦を背負っていたのではなかろうか。国際社会との摩擦を続ける特異な社会主義国である。そこに住む人々は何を考え、どんな日々を過ごしているのか。

彼は北朝鮮に関連する新聞記事をスクラップするようになった。世襲で三代目の国家指導者は核兵器の開発と実戦配備の可能性をにおわせる。アメリカ合衆国の大統領をマンツーマンの会談の場に引きずり出して世界のメディアを賑わせたこともある。ミサイルの発射実験を立て続けに行い、近隣の国の恐怖をよそに平然としている。

知れば知るほどに不可解な国である。新鋭の軍備を整える一方で国民生活は困窮し、基礎的な栄養確保もできない時期があったらしい。党幹部と一般市民の生活水準の開きは天と地ほどの開きがあるともいわれる。

　カッターナイフで新聞記事を切り抜くたび、日本から北朝鮮へ連れ去られた被害者と家族の顔が頭に浮かんだ。それが漂着した木造船と重なって見えた。拉致事件の発生から四十年余り経つ。政治家たちの強い言葉とは裏腹に、被害者の安否にかかわる情報は乏しいままである。庄内海岸に打ち上げられた漂流船には被害者の帰国の願いが乗り移っているようにも思えた。
　武田はその後、何も連絡して来ない。小雪舞う海岸で肩を並べて漂流船を見つめた時、彼は「この無念の船たちの故郷を見てやりたいものだ」と言った。が、それを実現することは容易であるはずがない。年賀状の余白には「近く飲もうぜ」と書かれているだけだった。

吉岡は地元のテレビ局の役員を七年前に退職し、いまは無報酬で社会福祉団体やスポーツ振興会の役員を務めている。十年前に離婚し、一人暮らしにも十分に馴れた。三人の子供たちは成人し、都会で職を得ている。他人の目には〝地方都市で独居する優雅な老人〟に見えるだろうが、健康に不安がないわけではない。痛風の発作のために足の親指の付け根が腫れることがある。長年の喫煙のために軽度の肺気腫もある。医師には「糖尿病が始まっている」とも言われた。避けることができない老と死に向かって歩いていることを自覚した。

食事療法と適度の運動を命じられ、彼はジョギングを始めた。コースは蔵王山麓を発して山形市内を東西に貫く馬見ヶ崎川沿いの三キロ弱である。それは思ってもいない新たな楽しみをもたらした。彼は行き過ぎる樹木に関心を抱いた。水辺に憩う鳥の種類も気になった。自分の問いを解くために県立図書館に出入りするようになった。図鑑類のページをめくる時、動植物に関する新たな知識が注入される感覚が心地よかった。

十年前の離婚のことは今も苦々しく思い出される。裁判所の調停は実に不愉快だった。夫婦は互いに他人であり、成人した子どもは別人格である。そんな思いを日々に強くする。

昨年の春、三十歳台の半ばまで独身だった長女が医師と結婚することになり、彼は父親として結婚式に招かれた。元妻と隣り合わせに座らされた時、突き刺さるような言葉を投げられた。

「生きていたんですね。お元気なの。髪が薄くなったわね」

元妻は吉岡の姓をそのまま使い、かつて夫婦で所有していた練馬区のマンションで暮らしている。彼は「お久しぶりです」とだけ言って着席した。息がつまった。居たたまれない時間であった。司会者にうながされるままに拍手し、お辞儀を繰り返した。「早く終わってくれ」と念じるばかりだった。

彼をひどく狼狽させたのは、娘の生誕から今日までの成長を綴るスライド映写だった。父親の写真は意図的に小さいものが使われ、小学校の入学式に校門前で撮ったものが最後だった。新郎新婦から花束を受け取った時、吉岡は泣いた。それは自分の愚かさへの悔恨の涙にほかならない。家族への思いやりに乏しい〝仕事人間〟であり、欠陥だらけの父親だったことを苦々しく思い返した。

彼は娘が用意してくれたホテルに泊まらず、山形新幹線の最終便に乗り込んだ。新幹線の自由席の座席にもたれて安酒を痛飲し、朦朧とした。その時、窓の逆景色と重なるように暗い幻影が去来した。日本海に打ち上げられた北朝鮮の木造船の姿であった。

その後、気鬱な日が続いた。机に向かって本を開いていると、同じ犬に噛みつかれるような痛みが胸を襲う。それを誰にも話すことができない。彼は「自分は過去に翻弄されている。なんとかしなければならない」と思った。

行きつけの飲み屋「かげろう亭」のママにすすめられ、吉岡は公民館が主催する俳句教室に通い始めた。「ジョギング中に見かけた野鳥や草花の姿を一行の詩に記録するのも良い気分転換になる」と考えた。見よう見まねの句作を試みては、自分の気持ちを寛がせようとした。

早いもので、その俳句教室に通い始めて約一年経った。自分なりの表現の工夫に気を紛らわせる。辞書を片手に古語の扱いにもようやく慣れた。過去の記憶にさいなまれる無為の日々が少しは癒されているはずだ、と自分では思う。しかし、〝季語が効く〟という言い回しや〝切れが肝心〟という指導の意味はなかなか理解できなかった。

八月、風のない日の山形盆地の暑さは尋常ではない。彼は冷房を効かせた部屋に閉じこもった。食材を買いに出かけるだけで疲れを感じた。その頃、武田から久方ぶりの電話が入った。

「相変わらず、独身生活を謳歌しているかな？　年賀状によれば、何とかいう川をジョギングのコースにしているそうじゃないか」

「ああ、馬見ヶ崎川だ。独居老人の日々は何ごともなく過ぎていく。瞬発力は衰えたが、持久力はまだある」

「無理するなよな。なんとかの冷や水にならないように気を付けるんだな。足を挫いても同情してくれる人は〝かげろうママさん〟だけだろう」

「最近、俳句教室に通っている。老いた自分の中にある詩人の魂を見つめ直そうと思う。共感してくれる人だって、多くはないがいることはいる」

「そいつはありがたいことだ。花鳥風月が歪んだ人格を豊かにしてくれるだろうよ。せいぜい頑張るんだな」

吉岡は自分が無理して明るい調子を作り、会話を取りつくろっていることに気づいた。だが、それが心地よかった。旧友の肉声はなつかしく、「癒される」というよりは気持ちが弾んだ。

無二の親友である、とお互いに思っている。武田は損害保険会社を退職し、子会社の役員や業界団体の顧問を渡り歩いていたが、六十七歳を区切りにすべての仕事から身を退いた。東京の家を売り、生家が残っている甲府市北部に妻君とともに移り住んだ。彼のカメラ熱は高じるばかりで、さまざまな雑誌に投稿している。最近は同好者の団体の役員に名を連ねるようにもなったらしい。腕を上げているのであろう。

「ところで、君は今度はいつ、山形に来るんだい？　かげろう亭だって、いつまで続くか分からないからな」

「元気のいいママさんがなつかしいな。その山形も悪くはないがね、いよいよ北朝鮮なんだな、これが……」

武田は突然、切り出した。その言葉を聞いて吉岡はギクッとした。ついに来るべきものが来た。そんな思いで、武田の次の言葉を待った。

「今でもぽつぽつと北朝鮮の漂流船が打ち上げられるようだね。そっちでは新聞に載っているのかな?」

「いや、山形で読む新聞には載っていない。俺が気づかないだけかもしれないが……」

「北海道や新潟では事例があるみたいだが……」

「報道には一種の流行がある。漂流船の騒ぎもマンネリ感覚になり、ニュース性が乏しくなったのかも知れないな」

武田は二年前に日本海で撮影した漂流船の写真作品をパネル化し、「破船」「北の使者」「海の骸」などの題を付けて写真コンクールに出品し、好評を博したらしい。その余勢を駆って北朝鮮を訪ね、人々の表情を撮影したいという気持ちを高めていた。懸命に手蔓をたどり、ようやく北朝鮮への旅行をあっせんする代理店を探し当てたという。

「これは一般論だがね、国土交通省の行政指導を受ける旅行業者にとって、北朝鮮への旅行は〝公言が憚れる〟商品なのだ。業界では〝かの国へ行くツアー〟という隠語が使われる。ひそかに希望者の便宜を図っている」

武田は声を潜めるようにして言った。その説明によると、平壌で行われる芸術公演の〝アリラン〟、あるいはマスゲームやパレード行事などの開催に合わせて特別なツアーが組まれる。飛行機のチャーター便が使われ、日朝友好議員連盟の政治家や家族、知人が同行するという。

「すでに故人である山梨県選出の大物議員が、いまだに北朝鮮では尊敬されている。その縁故で俺の住む地区から平壌見物に行った人がいた。そのルートで旅行代理店を紹介してもらったという訳さ」

吉岡は「なるほど」と思った。政府レベルの外交とは別に、北朝鮮との友好を探るチャンネルが細々と確保されているようだ。国と国の間の難しい壁を越えるためには、そういうことも必要なのだろう。

武田によると東京都内に事務所を置くB旅行代理店を訪ね、例の大物議員の縁故者であることを装った。「自分は報道写真を趣味にしている。北朝鮮の庶民の表情を撮り、日本で紹介して友好の輪を広げたい。中国から汽車の旅で鴨緑江を越え、平壌入りする旅程を組んでほしい」旨を伝えたが、旅行社側の対応はきわめて慎重だった。職歴や趣味の活動に関する質問が執拗に行われた。そのうえで「撮影は許可された地域内に限る」「公表する場合は事前に届け出て仲介者の同意が必要」というルールが説明された。さらに「越境管理の当局の審査によっては入国査証を発給できない場合がある」と、冷ややかに言われたという。

「語呂合わせじゃないが、朝鮮旅行は一種の〝挑戦〟でもある」

武田の高揚した気分が、こちらにも伝わって来るようだった。それに迎合するようにして吉岡は言った。

「日本の政府はいま、北朝鮮への経済制裁を強化しているというじゃないか」

「そうなんだ。金融分野の交流や貿易はほぼ断絶状態だ。旅行者の渡航にも〝自粛〟の強要という圧力をかけている」

「それでは北朝鮮側も怒るだろう。その報復がミサイル発射、という訳でもなかろうが、意趣返しで日本人の入国を厳しく審査するだろうな」

「だからこそ、あえて突破してみようじゃないか。挑戦する価値はあると思わないか」

武田の口ぶりは威勢がよかった。七十歳近くなっても好奇心の塊のような男である。そのファイトに吉岡は今さらながら感心した。いつも彼に引っ張られているが、今回は自分の内部にも「やるぞ」という気持ちが芽生えてきた。

「よし、分かった。いつなんだい、〝かの国〟への旅行に挑むのは?」

「現地はかなり雪が降るので、十一月中旬までには出発したい。期間は一週間。北京から平壌まで千三百六十四キロの汽車の旅になる」

「亡命した極左活動家に会いに行ったジャーナリストが捕まり、軟禁されて何年も出国できなくなったケースがあると言うじゃないか。われわれは大丈夫なのだろうな」

「あれはスパイ容疑で特異な例だよ。北朝鮮側だって観光客は外貨を落とすので本当は来てほしいはずだ。旅費がかなり高額になるのは承知してもらわねばならないが……。じゃあ、準備の方、よろしくな」

受話器を置いた吉岡の脳裏に、あの尊大な男の容姿が浮かんだ。特異な髪型をし、詰襟服に身を包んで歩く最高指導者である。「かの国」に近づこうとする自分がある種の冒険譚の中にでもいるような気がした。

二

吉岡は北朝鮮の政治体制や経済状況について最新の知見を集めておきたいと考えた。すぐに思いついたのは、県立図書館に行くことだった。顔なじみの司書がいる。新たな頼み事をするのも一興であった。

その女性職員はいつも胸に名札を付けていて「植田」という姓である。三十代後半か四十代前半と思われる。色白のうりざね顔であり、背は高くはない。短髪で眼鏡をかけた姿にどこか気品があり、落ち着きのある話し方をする。

今年の雪解けの頃、七日町一番街にある喫茶店「れんが屋」で偶然、その植田女史と顔を合わせたことがあった。吉岡の方から「図書館の方ですよね」と言葉をかけ、司書の仕事のあれこれを話題にした。その後、道路向かいの「よし野画廊」で鉢合わせしたこともあり、絵画や彫刻について軽い立ち話をした。

それとなく聞き出したところ、彼女は独り暮らしのようであった。その後、俳句に関係する動植物の検索で何度か世話になった。北朝鮮関連の文献探しでも親切に対応してくれるはずである。これを機会に植田司書との距離を縮めることができるだろう。そう考えると、吉岡の胸の奥に若干はなやいだ感情が生まれた。

――気鬱から転じるには、ロマンチックな虚構に溺れることも必要である。

そんな風に思いながら一週間後、吉岡は自らを鼓舞して図書館の石造の門をくぐった。植田女史が検索サービスのカウンターにいることを確認し、思わせぶりな挨拶をした。

「こんにちは、お変わりありませんか。実は僕、こんど北朝鮮に旅行することになりまして……」

「えっ、またどうして、そんな……」

彼女の注意を引いたことが、誇らしげな気分だった。前夜から考えていた台詞を口にした。

「このところ、自分の日常が単調過ぎまして……。その空虚を満たしたい、という切ない思いから、何か変わったことをしたくなりました」

「そんな理由で、あの怖ろしい国に出かけるのですか？　ちょっと理解に苦しみますけれど……」

「僕が庄内海岸にたどり着いた漂流船を見に行った話をしたことを覚えておられますか？　同行した友人が少し変わった奴でして、漁船の母国を自分の目で見ないことには我々の〝知的漂流〟は終わらない、なんて気障なことを言うのです。僕もその気になってしまって……」

自分の吐く言葉の気障に恥ずかしさを覚えるほどだった。だが、気持ちは弾み続けている。植田女史はいかにも心配そうな顔をしてくれた。

「何というか、それは観光ではなく冒険なのではないでしょうか。たしか、元N新聞校閲部に勤めていた方が逮捕され、その後二年間も抑留されたそうです。その例をご存知でいらっしゃいますか？」

「知っています。が、僕は冒険家ではありません。第一、先方のルールを逸脱しなければ、そんなに怖いことは無いはずです。イギリス人もドイツ人もけっこうな数が入国しているそうです」

「だって、日本政府がわざわざ渡航制限を設けている国じゃないですか。自重された方がよろしいのではないですか」

「そこですよ。僕が知りたいのは……。その渡航制限っていうのは、実際の規定としてどんな内容なのか。いつどこで誰が誰に告知したものなのか、法的な根拠は何なのか。それを調べたいのです。お手伝い願えませんでしょうか」

彼女のいつもの落ち着いた微笑が消えていた。そして、きりっとした表情で言った。

「もちろん、お手伝いはします。わたくしの仕事ですから。明後日の午後、ご都合がよろしければ、またお立ち寄りください。時間帯によって私がここに座っていませんでしたら、係の者に言えば分かるようにしておきます」

「わがままを言って申し訳ありません。何かを知りたいとなると、追われるような気分になって……」

「どうぞ、お気にせず。これはわたくしの仕事ですから」

彼女が〝仕事〟を強調したのは、私情を挟んではならないという建前を自分に課しているようにも聞こえた。だが、吉岡は自分に注がれる植田司書の好意を感じた。ここで一歩、踏み込まなければならない。

「いつもあなたに調べていただくと、妙に僕の理解が進むように感じるのです。いや、変なことを言いました。失礼しました。よろしくお願いします」

植田司書の両頬にさっと赤味が差したように見えた。吉岡は一礼して踵を返し、朝鮮半島の政治史に関する本二冊を抱えて図書館を出た。「口を滑らしたが、彼女を怒らせたわけでもないだろう」とつぶやいた。

自宅に「朝鮮観光B旅行社」のネームが入った大型の茶封筒が届いたのはその日の午後だった。彼は気持ちが高まるのを覚えながら、木製のペーパーナイフで封を切った。その中の一枚が「朝鮮旅行に関する説明書」と題されていた。

「昨今の政治情勢にかんがみ、以下のとおりご説明させていただきます」との前書きがあった。ちょっと変な日本語であった。「北朝鮮人民共和国への旅行が日本国政府による渡航自粛の要請に逆らって行われることを各自が承知してください」と書かれていた。その企画ツアーのタイトルは「北京─平壌・寝台列車の旅」であった。鉄道ファンとおぼしき参加者七人で編成されており、リストの中に自分の名を見つけた。もう、あとには退けない。

――北朝鮮に入国した自分が万が一に身柄拘束されるような事態が生じても、迷惑をかけるところはない。自分は独身かつ自由な老人である。

そう思うと、あらためて前進する意欲がわいた。政府の自粛要請に反して旅に出る行為が、若き日の反抗心の残滓をよみがえらせる。それが何とも心地よかった。

彼は翌日も図書館に行き、書架を物色した。大手新聞社の系列の出版社が刊行した『北朝鮮と観光』によれば、一九九二年の日本人観光客は約四千三百人だったが、九八、九九の両年は六百人台にまで落ち込んだ。二〇〇一年以降は出入国カードが廃止されたため、人数を把握できない状態が続いているという。

「看板にしている〝主体思想〟ぐらいは知っておこう。観光目的で入国する際の先方に対する礼儀というものだ」。

吉岡はそう考え、岩波新書の『北朝鮮現代政治史』を読んだ。そこには「遊撃隊国家」「劇場国家」「先軍政治」など勇壮な単語があふれていた。二〇一七年以降に最も重視されるスローガンは「国家核武力の完成」だという。とにかく、過激な表現が好きな国である。

危機意識を持って統治に臨んでいる事のあらわれなのだろう。

考え込んでいるところへ、武田から携帯電話が入った。用件は旅の開始日と経費に関することだった。

「十一月にロンドンから来る連中と北京で合流することになった。それと同じ料金にする、と旅行社は言っている。外国人向けの高額な設定だが、そこは仕方ないだろう」

「……」

「ところで、君の場合、過去にマスコミ関係者だったから、何か制約が出てくるかもしれない。そこで、入国許可の申請書類に〝無職（元会社員）〟としておいた。それでいいだろう。とにかく、これは〝挑戦〟だからね」

「そんな適当なことでいいのかね。やましい気持ちを背負わされるのは迷惑だな」

「これは一種の方便だよ。先方は入国者の身分について念入りに調べるそうだ。マスコミ関係者に対しては、在北京の北朝鮮政府代表部がビザを発行しない方針だという。そこをスムーズにかいくぐるんだよ。これは相手への思いやりでもある」

「よく分からない論理だな。とにかく、北京まで行ってから、入国許可証の発行を受ける訳だな」

「そういうことだ。ビザが下りない場合、君は北京で一人で待つか、帰国してもらうことになる」

「それは構わない。僕としてはルールを守りたい。つまらぬ嘘はバレるからいやだね」

このあとの武田の説明は、北京―平壌間の寝台列車の種別や停車駅に関するものだったが、吉岡の頭にはほとんど入ってこなかった。虚偽とまで言わぬが、些細なことで擬装の申告をすることが煩わしく思われた。武田は〝方便だ〟と言うが、そのような相手方を侮った態度は墓穴を掘るのではなかろうか。

次の日も図書館に出向いた。検索サービスのテーブルに植田司書が着席していた。

「お忙しい時に勝手なお願いをして、すみませんでした」

「お力になれたのかどうか、一応の検索はかけてみましたが……」

取り澄ましたような挨拶ではあるが、彼女の眼鏡の奥に相手をいたわるような柔らかい光があった。吉岡は乾いた地面に水をまかれたような気分になった。キーボードをたたく音がして、印刷機が数枚の資料を吐き出した。

「行政関係では、これらがヒットしました。報道資料も一枚加えてあります。よくお読みになった方がよろしいかと思います」

彼女はサッと目を通してからそれらを吉岡に手渡した。最初のページが報道資料であり、「北朝鮮の日本人〝観光〟受け入れ。一九八七年以降」と書かれていた。同じ頁に「邦人拘束の事例」三件が一覧表になっていた。一九九九年十二月・男一名・スパイ行為容疑、二〇〇三年十月・同・麻薬密輸取引容疑、二〇一八年八月・同・法に違反する犯罪……だった。

「一件目の拘束者は二〇〇二年二月まで抑留され、帰国後に体験記を単行本にしています。また、自分が逮捕されたのは公安調査庁の陰謀だと主張し、国を相手取った訴訟も起こしました。二件目と三件目の拘束事例は朝鮮中央通信の報道記録にありますが、詳細は不明です。というか、ここでは分かりかねます」

植田司書は機械的な口調で説明したあと、「関連する図書は〝地理・歴史〟の東アジアという棚の下の方、韓国・朝鮮半島という項目のところにありますので、ご自分で見てください」と冷ややかに言った。「そんなことは分かっています」という言葉を吉岡は呑み込んだ。彼女の抑制したものの言い方が気持ちよく耳の中に残った。

彼は一礼した。身柄拘束の事例を記したペーパーのほかに三枚の資料を持って立ち上がった。一枚は外務省が発行する海外安全レポートの抜粋であり、他の二枚は国土交通省の外局である観光庁が各関係方面に発した通知文であった。双方ともに二〇一六年二月付で決定されたものだった。この頃に対北朝鮮外交の状況に大きな事案が生じたことが推測された。

外務省の「我が国独自の対北朝鮮措置について」と題する文書は、日本と北朝鮮間の人的往来と金銭の支払いを規制するものだった。また、観光庁が所管旅行業者に対して出した通知文は外務省の決定を受けて作成されたもので、「北朝鮮に対する旅行の取り扱いについて」と題されていた。これは内容が具体的であり、「北朝鮮を目的地とする企画旅行については、企画・実施しないこと。旅行者に対しては、外務省の危険情報を記載した書面を交付し、その趣旨及び内容を説明し、旅行を取りやめるように勧めること」と書かれていた。

吉岡はこれらを読み、日本側による経済制裁がきわめて強い決意に基づいて行われていることを感じ取った。ミサイル発射や拉致問題に対する烈しい怒りがこもっていた。

閲覧室の一角で資料を読みふける吉岡に、植田司書が近づいてきた。「関連する出来事をもっとお調べしますか?」とささやくように言った。

「いや、これで十分です。国による渡航規制があるとは存じていましたが、お役所の通知というものが実際にどのような表現なのかを知りたかったのです。なるべく先入観を持ちたくない。自分の目で見た材料で考えたかったので……」

「本当に気を付けてくださいね。図書館気付で私宛に絵はがき一枚、お願いしてよろしいでしょうか。だって、本当にそれが着くのかどうかを知りたいのです」

植田司書は国際郵便の事情に興味があるようなことを言う。しかし、実は自分の旅の安全を気遣ってくれているにちがいない。そう思うと吉岡の気持ちは浮き立った。彼女の下の名は「玲子」である。それを知ったことも成果であった。

その夜、吉岡は借り出した書籍を枕元に積み上げた。頭の奥に北朝鮮の山河がイメージされた。あの悲惨な木造の漁船たちが海に出ていった港の姿はどんなものなのだろうか。石積みの粗末な堤防や軒の低い家並、係留された多数の漁船や灰褐色の労働服を着こんだ漁民の姿まで見えてくる。まったく根拠のない想像ではあったが……。

山形盆地の秋は足早に進む。吉岡はジョギングしながら俳句作りに興じた。〈色鳥や頭髪少なくなりにけり〉〈掌に乗せて昔のことを烏瓜〉〈うろこ雲汽車に揺れゐる一人旅〉。

彼はまだ見ぬ北朝鮮の風景をしきりに想像した。政治や経済、観光についての情報はかなり入手することができたが、人々の暮らしぶりや考え方は分からない。

あれこれと旅の準備をするうちに十月が過ぎ、長袖のセーターを着たくなる気候になった。紅葉し始めた山々のたたずまいが眼前にある。それは大量の雪を乗せた雲が来るのを待ち構えているようにも見えた。

それから二週間ほど経って新聞の地域面に「冬の足音が……」という記事が載った。「雁戸山、初冠雪。例年より十日遅く」の見出しが目の中に飛び込んできた。彼は自室の窓から体を乗り出し、双眼鏡を東の空に向けた。たしかに蔵王山塊が雪化粧している。鋸状の山容が凛々しく見えた。それはどこか哀しさを湛えていた。

北朝鮮へ向けて出発する日が来た。彼は永年の友である山々に向かい、まるで難儀な長旅にでも出かける人のように「さらば」と言った。

三

十一月下旬の北京は寒かった。吉岡和男は厚手のセーターを持参した自らの判断に満足した。しかし、何とも落ち着かない気分であった。

豪奢なホテルの二階ロビーから中国鉄路総公司の北京中央駅の方を眺めていた。建物も道路も巨大であり、その一つ一つが大国であることを誇示している。彼は久方ぶりに訪れた北京の外観から、急速な経済発展の軌跡を読み取ろうとした。

――目に見えぬ無数の粉塵が空の奥に漂っている。賑やかだが、全体的に汚れている。それが表面的ではなく、内部にまで浸みこんでいる。

吉岡の目に北京の街はそのように映った。大きな荷物を持つ人々がせめぎ合い、道路でも広場でも自分の順番を有利にするのに懸命な様子であった。瓶や缶は道に捨てるのが当り前なのだろうか。街路には食べ残しや紙ごみが散乱していた。大ぶりのカラスは人を恐れなかった。「人も鳥もたくましい生活力だ」。そのつぶやきは負の感慨をともなっていた。

吉岡は地方テレビ局に転じる前に広告代理店に勤めていた頃、業務出張で何度か北京を訪れたことがある。多数の市民が犠牲になった天安門事件の数年後であった。軍閥の支配時代に建設された旧式の製鉄所がまだ動いており、その煙突から吐き出される白い粉塵が細かい雪のように舞い落ちてきたことを覚えている。

その頃は自転車が市民の交通手段の主力だった。詰襟の人民服、平べったい制帽姿の労働者が街を行き交い、号令のもとに離合集散していた。北京はそんな不気味な整然さが漂う都市だった。贅沢ではないが賑やかであり、路面や公衆トイレはよく清掃されていた。

それから三十年経った今、人民服の労働者の姿は稀であった。自国産の乗用車が行き交い、人々の服装はカラフルになった。マスクをしている者が多いのは、大気汚染の影響をやわらげるためだろうか。ごみの異常な散乱は昔の北京が持っていた鷹揚な姿を失わせたように思えた。

「梅原龍三郎の『北京秋天』は、もう永遠に戻ってこないのかもしれないな」と吉岡は口に出して言った。隣にいる武田が「ああ、そうかも知れないな」と同調した。

彼らはソファーに並んで座り、中華風に贅を凝らしたホテルの窓辺で時間が過ぎるのを待っていた。大きな一枚ガラスの表面に六十歳半ばの日本人二人の姿が浮き出ていた。

「お互いにスマートじゃないよな」

「そうだな。二人とも眠そうだしな」

その日の午前五時、羽田の中華国際航空のカウンター前で合流した。吉岡は前夜に最終の山形新幹線で上京し、羽田空港内のホテルに泊まった。一方、武田は甲府市からマイカーで中央高速道を飛ばして羽田に着いたばかりだった。彼はズーム付きのカメラと三脚を手に持ち、黒い大型ケースを携えていた。

北朝鮮鉄道ツアーへの参加を希望した七人のうち三人が、事前交渉や家族の反対で不参加となった。空港ロビーで初対面の挨拶を交わしたのは四人。リーダー格は平林という五十歳代半ばの男だった。彼の名刺の肩書は「株式会社ワンダー・フロイデ・ツーリスト社長」である。東京郊外の私大で環境学の非常勤講師も務めていると言った。

「片道が一泊二日。二十六時間の鉄道旅行です。車窓から北朝鮮の田園風景を見るのが、この企画のメインのイベントです」

平林は続けて「私は旅行代理店を経営していますが、今回はプライベートの旅です。エスコート役をつとめる形になりましたが、それは私の義務ではありません。そこのところをご理解ください」と難しい説明を付け加えた。

チームの一員になった四十歳ぐらいの男が長袖のサファリルックに運動靴の姿であり、旅慣れた雰囲気を漂わせていた。報道写真の団体に所属しているらしく、武田は彼の名を知っていた。「倉嶋です。私の職業はあくまで農業です。よろしく」と自己紹介した。よく日に焼けていたが、農業の人とは思えぬ長髪であり、指も細かった。

「かの国に入国するために肝心なのは許可証ですが、北京で審査を受け、朝鮮国際旅行社の中国駐在員から受け取る手はずです」

平林が改まった口調で言った。彼は職業的な微笑を作りながら二点の資料を配った。それは平壌の高麗ホテルの案内書と見開き四ページの日本語の観光ガイドブックだった。北朝鮮が誇る軍事パレードや野外マスゲーム公演、加えてスポーツの国際試合などを応援する〝歓び組〟の写真が載っていた。

エアバス中距離タイプに乗り込んだ。ほぼ満席であった。四時間十五分後に北京に着いた。吉岡たちは旅行会社が指定した「宝辰飯店」までタクシーで行き、入国許可証の発行を待ってロビーで待機した。

「入国審査の際に、書籍類は取り上げられるかもしれません。手荷物は最小限にお願いします。北京のホテルに預けておくこともできます」。

平林はあくまで事務的な口調だった。その説明を聞き終えた武田が「いよいよ〝挑戦〟の旅が始まるな」と言った。

武田はターミナル駅の混雑ぶりを見下ろしながら、自らの興奮を抑えられない様子だった。幼少時から朝鮮半島に特別な関心があったという。それは吉岡にとっては意外な旧友の告白であった。

それによると、彼の故郷、甲府市北部には小さな古墳が散在している。その多くは小石を多数積み上げて造った墓であり、朝鮮半島からの渡来人が関わった遺構であると伝えられている。

「俺の先祖は江戸中期に昇仙峡に近い金桜神社の近辺から移住してきたらしい。明治初期のどさくさに、歴史上の英雄である武田信玄公にあやかって苗字を付けた。代々受け継ぐ土地には祖先崇拝の言い伝えがあり、わが家も裏山の〝積石塚〟を尊重して壊さずに残してきた」

武田の少年時代、その積石塚は桑畑や竹やぶの中で半壊状態になりながらも累々と存在した。しかし、小さいものは開墾のために次第に撤去されていったという。

「どういう点で朝鮮式と推定されるのか、俺は詳しくは知らない。が、律令時代より以前に大陸から来た者たちが甲府盆地を開拓した証拠だ、といわれている。俺の直接の先祖という訳でもないが、いつかその積石塚のルーツを辿ってみたいと漠然と思っていた」

それは日本と朝鮮半島の古い結びつきを物語る話の一つにちがいない。自分の体内にもそのような大陸との接点の跡が残されているのだろうか。そんなことを考えながら、吉岡は甲府市に残っているという多数の積石塚の姿を想像した。

平林が「皆さん、ちょっとすみません。説明しますので集まってください」と声を張り上げた。

「繰り返すまでもありませんが、私たちの入国目的はあくまで観光です。オプションとして〝人民共和国の先進的な鉄道利用の状況〟を学びたい、ということになっています。お国自慢の一つになっている地下鉄のことです。規則に厳しい国ですので、写真撮影は案内人の許可があった時だけです。それから、相手を刺激するような政治の話題は控えましょう。これは厳重注意です」

その説明は要領よく簡潔であり、武田が「よく分かりました」と応じた。そして、腕時計を見ながら「まだ五時間はここで待ちますね。査証の発給も時間がかかるものだ」と言った。配布された予定表によれば、午後五時二十七分発の平壌行きの列車に四人そろって乗り込むことになっている。

その時、「リューベン・ヒラバヤシ?」と語尾を上げて大声を発しながら、黒いロングコートに身を包んだ男がホテルの階段を上がって来た。日本人たちは一斉に男の姿を注目した。長身であった。均整の取れた筋肉質の体はいかにも屈強そうであり、重量級のレスラーを連想させた。

その男は入国許可の「査証」と平壌行の列車の往復乗車券を運ぶ朝鮮国際旅行社の北京駐在員だった。日本側の代理店の名を確認してから、ツアー参加者のローマ字表記の姓名を読み上げ、いちいち顔をのぞき込んでは写真と照合した。

平林がさかんに中国語でやり取りした。「ノリユキ」とか「タケダ」とささやいているので、異常な雰囲気を察した武田が表情を曇らせた。

「俺の出した入国希望の申請書が、引っかかったのかも知れないな。報道写真家の団体の役員に名を連ねていることが問題になったのかもしれない」

その懸念は的中していた。平林がこちらに近付いてきて、申し訳なさそうな様子で口を開いた。

「武田さんの査証が下りなかったようです。理由は不明です。旅行社側と人民共和国の北京代表部側との間でどんな話し合いが行われたのか、それは分かりません。強硬にゴネてみましたが、改善の見通しが立たず、これ以上交渉しても先方の感情を害するだけであり、得策とは思えません」

武田は表面的には静かな声で言った。

「いや、分かりますよ。無理しないでください。私のために、みなさんの入国許可を傷付けたくない。申請に際して自分としては細心の注意を払ったつもりだが、どこかに抜かりがあったのかも知れない。私はかまいません。このような事態も覚悟はしてはいましたから……」

レスラー風の朝鮮人の男は日本人三人分の顔写真入りの入国査証と鉄道乗車券を手渡し、不敵な薄笑いを残して去った。その姿を見送った武田は事情を呑み込んだ様子であった。彼は「時間があるのでビールでも飲みましょうよ。皆さんの壮行会です」と、いかにも平静を装った感じで言った。

吉岡は不運な友に対し、何と声をかけて慰めるべきか分からなかった。「報道写真の発表のことで、何かが引っ掛かったのだろう」と、武田は大きな声で説明した。落胆を表に出さないために、苦心しているのが分かった。

武田はビール瓶を片手に吉岡の隣の席に戻ってきて溜息をついた。

「つまり、こういうことさ。シャクだから、俺はすぐに日本に帰るよ。やはり、失敗だったな」

「……」

「俺としたことが、最後の詰めが甘かったようだ」

「ああ、残念だったな」

吉岡は注がれた青島麦酒をグッと飲んだ。武田は自分で注ぎ、立て続けにグラスを干した。何とも気まずい会話であった。

「君は当局を刺激しないようにな」

「ああ、気を付けるよ。カメラをザックから出さないようにするさ」

会話はそれで終わった。武田は「じゃあな。甲州の男は潔く去るもんだ」と言い残し、ホテルを出て行った。背負った撮影用の三脚が空しく揺れていた。

気まずい時間が流れた。平林が吉岡にささやいた。

「わたしは今回、プライベートの旅なので、強い交渉ができなくて……」

「いやあ、予期してなかったことです。でも、これは武田君の自己責任ですよ。彼は十分に事情を理解していると思います。この経験をきっと次に活かすことでしょう。気にしないでください」

平林は朝鮮国際旅行社との交渉に疲れたような様子であり、発言にぎこちなさがあった。自分の責任であるかのような口ぶりであることが、気の毒に思えた。

「私たちは丹東駅《ダンドン》で列車を降ろされ、いったん中国から出国する形になります。しかし、旅券には記載されません。続いて車内で行われるのが北朝鮮側の入国審査。これで引っかかり、不許可となるケースもあるそうです。気を引き締めて行きましょう」

平林の説明を聞きながら、親友の挫折に同情する気持ちが大きくなった。一緒に日本に引き揚げる手もあったかと思う。吉岡が「俺も止そうか」と申し出ると、武田は「何を言っている。俺の分も北朝鮮の人々の国の表情を見て来てくれ」と言って背を押したのであった。彼が早々に立ち去ったのは、その蒸し返しを避けるためであっただろう。

「こればかりは仕方ないですな」

倉嶋が近付いてきた。彼は西日本の地方新聞社に勤めたことがあるそうだ。いまはフリーのカメラマンとして、旅行雑誌にエッセイを書いている。北朝鮮への入国はこれが三度目とか。しかし、鉄道での中朝国境を越えるのは初体験だと言った。

「とにかく、撮影に対してうるさい国ですからね。わたしは大きいカメラは梱包し、鞄の中に入れたままです。でも、スマホに付いているカメラでもけっこういけますよ。監視員が見ていないところに限りますが……」

正面攻撃の武田に比べ、倉嶋ははるかに要領よく自分の入国目的を取りつくろっていた。武田は〝方便〟を使いこなすことができず、目的を果たせなかったのである。

平林が「イギリスからのチームは旅行を中止し、寝台列車の旅に合流しなくなった」旨を伝えた。吉岡は再び不安を感じた。しかし、倉嶋は少し安堵したような口調で、軽快にしゃべり始めた。

「その方が面倒くさくなくていいですよ。ところで、さっきの北朝鮮の男は迫力ありましたね。旅行社の駐在員というけれど、情報収集に長けた外交官のような雰囲気だった。とにかく、われわれの職業申告はパスしたことになりますね」

列車の発車時刻が近づき、三人は北京中央駅まで歩いた。構内は猛烈な混雑ぶりだった。

天井近くの掲示板に上海、大連、瀋陽などへ行く列車番号と発車ホームが書かれていた。土産もの用の売店が軒を並べている。菓子、酒、漬物、味付け栗、紐で括った野菜……。包装紙には北京、長城、天津などの派手な文字が躍っていた。

待合室で約一時間座っていた。蒸された空気を吸い込むのが不快だった。やがて、駅員が「天津、瀋陽、丹東」とアナウンスして乗客を並ばせた。吉岡も不規則な八列縦隊に加わり、半地下式になった駅舎の中をゆるゆると進んだ。幅の広いホームに列車が待っていた。鴨緑江を越える「K27便」だった。

四

北京―平壌間の国際列車は往路が「平壌号」、復路が「北京号」と呼ばれている。その

K27便は二十二輌編成であり、ディーゼル機関車に牽引される。後部の十二輌は国境の丹東止まりである。そのレール幅は「4フィート6インチ（＝137センチ）」型であり、日本の鉄道よりも広かった。

中国と北朝鮮がそれぞれに管轄する車体の番号が重複していた。このため、どのドアから乗車すればいいのか戸惑った。黒ボタンの制服姿の駅員が赤い旗を巻いた棒を振り上げ、寝台車輌の方角を示した。三人は「軟席」（一等）と書かれた寝台車の一室に入った。

定員は四人であった。吉岡は空いている一席を見るのがつらかった。失意の友は今ごろ北京国際空港まで戻っているだろうか。武田が持つ航空チケットは変更が効くタイプである。帰ると決めた以上、早い便を選んだことだろう。携帯電話でショートメールを打ったが返信がなかった。

隣のコンパートメントが騒がしかった。若い男たちが大きな手荷物を棚に上げている。そのうちの一人が吉岡の顔を見て、朝鮮語で何事かを言った。「不明白了（プー・ミン・パイ・ラ）。我是日本人（ワオ・シー・リューベン・レン）」と吉岡が言うと、精悍な顔つきである朝鮮人の若者は両腕を広げ、少しおどけたような仕草を見せた。「荷物を通路に出していて申し訳ない」という軽い挨拶のようであった。

K27平壌号は午後五時二十七分の定刻に北京を発った。詰襟の制服を着て大きな帽子をかぶった車掌が来て、乗車券と寝台車の利用券を細かくチェックした。険しい表情で「パスポート」と叫び、ひったくるようにして回収した。その態度は実に高圧的であり、不快だった。

吉岡は、車掌の執務室をのぞきに行った。その扉は開いており、小机の上に回収してきた旅券を積み上げ、入念に点検する姿が見えた。制服の前ボタンをはずし、鉛筆をしきりに走らせていた。

天津を通過した頃、旅券は部屋ごとに返却された。それを待っていたかのように、車内は急に賑やかになった。

食べ物の強い匂いが流れてきた。隣室では床上にコンロを出し、炊き始めている。下段ベッドの上に並んで座った四人の若い男が大鍋に具を入れながらさかんに談笑している。どうやら参鶏湯《さむげたん》を作っているようだった。

平林に促されて列車後部の食堂車に行くことにした。倉嶋も誘ったが、彼は「ノー」と言ってスナック菓子の袋を膝の上で開いていた。平林が朝鮮人の車掌に「レストランへ行きたい」と通行許可を求めると、素早い動作で二重扉の鍵と鎖が取りのぞかれた。

食堂車では中国元が使われていた。六種類の料理の中から二品を選ぶ方式であり、二人は野菜と卵ときくらげの炒め物、腸詰の辛子あえ料理を注文した。ついでにビールを頼んだ。

大雑把な調理であった。盛り付けも味付けもひどかった。「これで八十元とは、いくら外国人向けの料金と言っても、客をばかにし過ぎていますね」と、冷静な平林が不満を漏らした。ウェイターの態度も粗雑な感じである。早々に席を立って朝鮮側の車輛に戻ることにした。

車両の連結部近くの収納庫にコークスが山積みにされていた。車掌の執務室の前を通りがかると、先ほどまで謹厳そうだった車掌が同僚らしき二人を呼び込み、床上のコンロを囲んでいた。寛いで談笑している。鍋の中が赤く染まっているので、キムチを煮こんでいるのだろう。

三人の車掌は制服を脱ぎ、腕まくりをしていた。その一人が吉岡の顔を見てニッと笑った。あの高飛車な態度と威厳は消えている。田舎のおじさんたちの夕餉の一時を思わせた。

列車内の暖房がきついのか、隣室の青年たちはランニングシャツ姿になっていた。その引き締まった筋肉質の後ろ姿に、通常の鍛え方ではないものを感じた。

夜行列車は唐山駅の闇の中で停車した。時計は八時半を回り、外は小雪が交じる氷雨である。トイレに立った時、やっとすれ違えるほどの寝台車輛の通路で、長いスカート姿の女性が近づいてくるのを見た。吉岡が「アンニョン・ハシムニカ」と声を掛けると、「こんにちは」と高音の日本語が返ってきた。小柄な人であり、三十歳前後だろうか。短髪がつややかで、いかにも俊敏そうな外見だった。

「日本語ができるのですか?」「少しなら大丈夫です」「どこで習ったの?」「学校です」

そんな短い会話を交わした。女性は吉岡のコンパートメントの隣室に入り、鍋を囲む青年たちに合流した。吉岡はこの部屋の中をのぞき込んで会釈した。女性が仲間たちに「隣室は日本人のグループである」と告げたようである。たくましい若者たちが一斉に吉岡の方を見て、緊張した目で一礼した。その一瞬の動きが実に礼儀正しかった。

彼女は若者たちから特別に敬意を持たれている様子であった。ドアの横に立っていた吉岡を見上げ、微笑しながら言った。

「みんなが座ったらどうか、と誘っています」

「皆さん、お楽しみ中なのに、よろしいのでしょうか」

「そうですね。今はリラックスの時間ですから……」

「では、少しだけお邪魔させてください」

彼女は微笑を絶やさない。色白で鼻筋の通った聡明そうな顔立ちだ。吉岡が自分の名を告げると、「私は車《チャ》と申します。仕事は……」と言って、胸に差していたボールペンで「通訶」と紙片に書いて寄こした。「カルチャーの国際交流を担当する政府職員」であると説明した。

車通訶は「日本では〝くるま〟と読みますね。わたしの名前は映画の寅さんと一緒ですよ。すぐに覚えてもらえます」と言いながら吉岡の顔を覗き込み、ニコッとした。

「わたし、通訳しますから男性のみんなとお話してみてください。でも、日本語は〝少しムズカシ〟です。英語か中国語の方が話しやすしです。どちらがいいですか？」

「では英語でお願いします。僕にとっては〝大いに難し〟ですが……」

一行は二十人の構成だった。「芸術の親善」のために中国に一カ月間ほど滞在したらしい。各地を巡回公演して文化交流の務めを了え、母国に帰る途中であった。車通訶は「わたくし以外の者、男性はみな〝アクロバター〟です。それを専門にしているアーティストです」と説明してくれた。

四人分の寝台を畳んだ窮屈なコンパートメントに七人が座り込んでいたので、肩を触れ合うようにして会話した。平壌訪問の目的をたずねられた吉岡はおどけた調子で「〝歓び組〟のお嬢さんたちにぜひ会いたいですね」と言った。それが朝鮮語に訳されると、ドッと笑い声が起きた。「日本でも有名なんだ」というような意味の言葉が交錯したようである。車通詞は「良かったですね。その応援の女性たちも同じグループです。前の車輛に乗っていますよ」と小声で言った。

どうやら彼らは日本語で〝曲芸団〟と称されるチームだった。公式な外交使節として中国を訪れていたのであった。

吉岡はポケットから小冊子を出した。東京に事務所のある朝鮮旅行社が編集したものだが、そこには平壌の国立劇場で空中ブランコの技を披露するサーカス団の写真が載っていた。それは北朝鮮の誇る芸術パフォーマンスである。

ベッドに腰かけていた筋肉質のランニング姿の男がそれを見て何か言い、室内が一斉にどよめいた。男は「あっ、私が写っている」と叫んだのだった。日本語の資料「北朝鮮」の中に自分たちの芸術パフォーマンスが紹介されている。そのことへの驚きと賞賛が行き交った。若者たちは実に明るく、屈託がなかった。

戯れにも似た会話に過ぎなかったが、吉岡にとって北朝鮮の人々との初めての交流であり、実に貴重な時間だった。就寝前に打ち解けた気分になったことで、彼は丸一日分の緊張が和らぐのを覚えた。

　K27列車は山海関に近づいていた。闇の中で細かい霙が舞っていた。車掌がシーツを配りに来た。そして、空いている寝台に誰かが移ってくることを吉岡たちに告げた。すぐに背の高い痩せぎすの中年の男が来た。曲芸団の幹部なのだろうか、礼儀正しく挨拶し、大きな荷物を棚に収納した。男は小声で「自分は寝る」と朝鮮語で告げ、身軽な動作で梯子を上った。

　夜汽車はかなり揺れた。停車する度に石油タンクを曳いた長い貨物列車が追い抜いていく。吉岡は北京駅で買った焼酎の小瓶に口を付けて飲んだ。振動のためか興奮のためか、容易に眠りに付くことができなかった。列車は瀋陽駅で長く停車した。薄明かりの中で腕時計を見ると午前二時五十九分だった。

　朝になった。同室の朝鮮人が明るい声で「モーニング」とあいさつした。そして、笑顔を作りながら「お前たちの鼾がすごかった」という意味を朝鮮語と身振りで訴えた。吉岡は「ソーリ、バット、ユー・トゥー」と言い、二人で顔を見合わせて笑った。

　午前八時、列車は国境の丹東駅に着いた。北朝鮮の飢餓と難民を支援する国際NGOが拠点を置くことで知られている。荷物検査があり、乗客全員が降車させられた。「盗られるかもしれませんからね」と言いながら平林と倉嶋はすべての荷物を持って外へ出た。しかし、吉岡は同室の朝鮮人の男にならってリュックサックを残すことにした。

丹東駅には中国側の出入国管理事務所があり、その手続きは緩慢で高圧的だった。通過するのに二時間以上もかかった。その間、吉岡は待合室を見渡した。同じような動作をしていた倉島が小さな声で言った。

「いますね。すごい美人ぞろいだ。まるで銀座のクラブのようじゃないですか」

待合所の長い木製のベンチに十人ほどの若い女性が固まって座っているのが見えた。化粧は落としているが、髪の毛はよく手入れされていた。そのうち何人かは高額そうな毛皮のコートを着ていた。

背の低い老婦人が一行を監督しているようであり、若い女性の一人ひとりに言葉をかけていた。中国各地を巡るパフォーマンス芸術公演での務めを果たした〝歓び組〟政府職員たちである。安易に話しかけることが許されるような雰囲気ではなかった。

寝台車に戻ると、朝鮮人の車掌による乗車券のチェックが再び始まった。列車がゆっくりと動き出し、すぐに鴨緑江の鉄橋を渡り始めた。

国境の大河は水量豊かであった。茶色く濁っており、所々で渦を巻いていた。上流に建造物の残骸があり、旧大日本帝国が朝鮮半島全域を併合していた時代に築いた橋の一部だった。

〝脱北者〟が泳いで渡る、という話を聞いたことがある。が、それは稀有な例なのではなかろうか。川幅は一キロ弱。流速もかなりあった。このような大河を泳ぎ切るのは容易なことではなかろう。

北朝鮮側の河畔に着くと、すぐに監視塔が視野に入った。武装した兵士が立っているのが見える。長い銃を肩に架け、通過する列車に鋭い視線を投げかけていた。

吉岡は国境という冷厳なるものの存在を実感した思いだった。細長い監視塔が、起伏の少ない平原にほぼ一列に並んでいた。その足元に小粒な白い花がたくさん見えた。まさに〝咲き乱れる〟という感じの野水仙だった。気づけば彼方の丘まで、見渡す限りの原野を白い花が埋めていた。

国境付近で動くものは何もなかった。銃を担いだ兵士も直立している。その中には女性もいた。のどかな野水仙の群落と国境警備が漂わす緊張感の取り合わせが印象的だった。

越境して最初の停車駅が「新義州」であった。中国側の丹東から二十キロ離れている。

ここで北朝鮮政府の入国管理当局による厳重な検査が日本人グループを待っていた。制服姿の二人連れが吉岡たちのコンパートメントに来た。全ての持ち物をベッドの上に出すように命じられた。検査官らは旅行バッグの底まで点検し、隠し物がないかどうかをチェックした。印刷物に特別な関心があるようだった。書籍のタイトルを確認するだけでなく、ページをめくりながら何かを探している風であった。

帽子に赤い線の入った男がパスポートをチェックし、旅行の目的と職業について吉岡に質問した。執拗であった。入国査証に記された「元会社員」を指して、会社の性格や役職を質してきた。吉岡が返事に窮したので、検査官は声を荒げた。見かねた平林が中国語で対応した。彼が何を言ったのか定かではないが、検査官は納得しなかった。

「農業」の倉嶋はもっと攻め立てられた。何をどのように栽培しているのかを訊かれて「ライス」と答えたのは、実にとぼけた返答であった。検査官は職種と階級を質している。倉嶋が「バイ・ファミリー」と見当違いの答え方をすると、いら立った顔付きになった。

検査官は大きな声を出して隣室の車通詞の名を呼んだ。出向いてくれた彼女のおかげで、三人とも「マネージャー」という肩書きになった。車通詞はさらに「どなたかオフィシャルな身分証明書を持っていませんか」と聞いた。そこで平林が「ｐｈ・Ｄ（政治学）」と書かれた大学講師の名刺を出した。それを見た検査官はなぜか急に態度をやわらげた。日本人グループが持ち込んだ書籍の中で特に注目されたのは金子兜太著『小林一茶』であった。それは吉岡の所持品である。表題を見つめて首をかしげる検査官に対し車通訳が何ごとかを説明し、小さな笑い声が起きた。

「良い題名の本だと検査の役目の人が言っています。日本の詩人の名ですよ、と私から説明しました」

彼女は「〝こばやし・いちちゃ〟でしたか？　漢字で見るとチャーミングな題名の本ですね」と付け加えた。「〝いっさ〟と読みます」と吉岡が言うと、「そうですか。私の知識になりました」という声が返ってきた。

「お世話になったから、東京に来られたらご馳走しますよ」と吉岡がお世辞を言えば、彼女は「それはグッド・アイデアですね」と如才なく対応する。警戒意識をまったく表に出さずに状況を分析している頭のいい人だと思った。ユーモアのセンスのある車通詞に親しみを感じた。

吉岡は「新義州」の地名に特別な記憶があった。二十年以上前に鬼籍に入った父親から何度もその名を聞かされていた。旧陸軍の関東軍所属の航空隊にいた父は終戦の後、この地を通過した時点で武装解除を受けたと話していた。

その駅舎は白いコンクリートの中層建築であり、要塞のような外見だった。約十年前にこの付近で大きな爆発事故があったと聞くが、周囲にその痕跡はうかがえない。新築をうかがわせる駅舎の壁面の中央に、すでに故人となった最高指導者二人の肖像が飾られていた。

新義州駅に停車してから二時間半が経過していた。しびれを切らした中国人観光客の男がホームに降り、指導者の肖像写真にカメラを向けた。その瞬間、帽子に赤いベルトを巻いた軍服姿の男が駈け寄って来た。怒声が飛んだ。撮影を制しただけでなく、カメラの中のデータをチェックして消去するように命じた。それはすごい剣幕だった。中国人はその勢いに負け、不服そうな顔をしながら命令に従った。

倉嶋が薄笑いを浮かべながら、その顛末を観察していた。

「彼はちょっと当局を刺激してみたかったのだろうな。ここからは撮影禁止だ。われわれも注意して行きましょうよ」

隣室で車通詞が大きな声を出して何ごとかを指示していた。アクロバターたちは素早く、黒いスーツに着替え始めた。最高指導者の肖像バッジを胸に付け、全員が同じ青色のネクタイを締めた。そして、ホーム上に整列した。隣の車輌から合流した者を加えて十数人が隊列を組み、コンクリート造りの駅舎ビルに吸い込まれていった。先頭を歩く車通詞は薄い灰色のツーピースであり、責任者らしい背広姿の年配の男と肩を並べていた。

駅舎内にいた政府高官への表敬訪問だったのではなかろうか。役目を終えた様子で列車内に戻ってきた青年たちは、すぐに再びワイシャツ姿になった。車通詞に「何だったの？」と質問したが、彼女は「挨拶です」と言っただけで、内容を説明してくれなかった。

五

「挨拶」のために停車していた列車がようやく動き出し、田園風景の中を緩慢な速度で進んでいく。平壌まで六時間の行程である。

コンクリートで改修されていない、自然のままの小川が幾筋も鉄路を横切っていた。運河があった。大きなため池も見えた。その周辺には、あふれるばかりの野水仙の花が揺れていた。

収穫を済ませた後の水田や大型機械で耕した跡のある畑が延々と続いた。アヒルや羊の群れを追う農夫の姿もあった。屋根や壁を白い漆喰で固めた二階建ての家屋が並んでいた。道は舗装されずに、突き固められている様子であり、清掃が行き届いていた。

白菜を積み上げた荷台を牛が引き、その後部に子どもが腰かけているのを見た。まことに長閑な農村風景であった。吉岡は父親の仕事の関係で自分が少年時代の一時期を過ごした、山形県西置賜郡の長井盆地の散居集落の景観を思い出した。平和な秋祭の黒獅子たちの笛の音が聞こえて来そうであった。

冬枯れの景色の中で吉岡の目を引いたのは、田んぼの水路の工事をしている人々の姿だった。集団ごとに作業の種類が分かれている。それを監督しているのか警備しているのか、兵士風の制服姿の者がかたわらに立って働く人々を見守っていた。市民が動員されて労働している様子であった。

車窓から見える褐色の山々はおしなべて低かった。K27列車は六十キロほどの緩慢な時

51　平壌号

速を維持している。隣室のアクロバターたちは再びランニングシャツ姿になってトランプゲームに興じていた。

山の斜面を覆う緑はまばらであった。双眼鏡で見ると伐採地と思われる空間に若木が育っているのが分かった。広範囲に植林が行われていることが推定された。林檎らしき果樹を栽培する園地も見えた。カササギが低く飛んでいた。道路脇の広葉樹の並木に巣を作っているが、その高さがほぼ一定に並んでいるのが興味深かった。

宣川、定州、新安州の各駅を過ぎた。ハングルと漢字の双方で駅名が表示されていた。どの駅舎も木造の簡素な造りであり、コンクリート建ての新義州駅とは対照的だった。

駅の引き込み線に停まった貨車が見えた。中国から運ばれた化学肥料を積載しているようであり、その周辺を兵士たちが警戒していた。高く積み上げられた荷のかたわらで、帽子を脱いで煙草をくゆらす者もいた。緊張感はなく、ただ長閑な時間が流れているように見えた。

車窓から見る田畑は整然としていた。四〇～五〇アールを一区画として計画的に圃場整備されたようである。アヒルの群れを追う農夫の姿を度々見た。ガチョウも混じっているようだった。犬を使って家禽の群れを追っていた。

俳句の題材をさがす吉岡を喜ばせたのは大量のオオハクチョウであった。運河の水面に浮かんでいたり、周辺の圃場で餌をさがしていた。その白さが目に染みた。その姿を眺めながら土手に座り込んでいる老人もいた。収穫後の畑から焚火の煙が立ち昇っていた。吉岡は手帳に〈白鳥に見られてをりし汽車の窓〉と書いた。

吉岡は車通訶と話す機会が欲しかったので、ずっと通路に立って窓外の景色を眺めていた。うまい具合にワンピース姿の彼女が通路に出てきた。日本語で話した。

「外国語の勉強はみなさん、どのようになさるのですか」

「多くの国と仲良くしなければならないから、学校でいろいろなコースを選びます。英語と中国語、ロシア語を選ぶ人が多いです」

「高校生の時からですか？」

「そうです。私たちの国は外国語の教育に力を入れています」

北朝鮮は国を閉ざしていると思い込んでいたが、ヨーロッパ諸国は「ノー・ビザ」であるということも知った。車通詞は平壌に近づくとともに仕事のモードに入ったようであり、顔付きがピリッとしてきている。

洗面所の床に大鍋を置き、布で拭く作業をしている青年を見かけた。吉岡が「あなたもアクロバターなのか?」と英語で聞くと、彼はうなずいて鉄棒を握る仕草をして見せた。

列車は速度を落として市街地に近付いた。日本の公団住宅を思わせる中層住宅が並んでいた。

夕闇が下りて来た。天気は悪くなり、氷雨が列車の窓ガラスを打った。外はかなり冷え込んでいると思われるが、薄闇の中で百人ほどの婦人たちが線路脇の地面を清掃しているのを見た。服装は質素であり、全員が長靴を履いていた。

午後六時四十分、暗がりの中に巨体を横たえる平壌駅に着いた。気温は四度。構造は大がかりだが殺風景だった。照明がほとんどなかった。

吉岡はコンパートメントの窓辺に顔を寄せ、駅の奥行きを見渡した。上質の黒い革製オーバーを着た、背の高い男たちがホーム上に並んでいた。赤い肩章付きの制服姿で、いかにも位の高そうな軍人の姿も交じっている。彼らは列車の到着を待ち構えていたようであった。来賓を出迎えるような雰囲気が漂っていた。

いち早く列車から降り、高官風の男たちと次々に握手する車通詞の姿が見えた。彼女はやはり単なる通訳者ではなく、訪中団の引率の責任者の一人のようだった。盛装した男たちの間をすり抜けるように快活な笑顔を振りまいていた。その動きはいかにも機敏であった。この間、正装したアクロバターたちは黙って整列し、訓練された兵士のように同じ方向を見つめていた。

日本人観光客チームの三人を迎えに出ていたのは、二人の朝鮮人エージェントであった。

黒い牛革のハーフコート姿であり、ネクタイを着用していた。一人は引き締まった体の五十歳ぐらい。もう一人は黒ぶちの眼鏡をかけ、六十歳に近いと思われる小柄な男だった。

若い方の男が流暢な日本語で「みなさん、よくおいでくださいました。汽車の長旅でお疲れのことでしょう。私たちは朝鮮国際旅行社の者です。よろしくお願いいたします」と言った。

「ここで写真を撮ってもいいですか」

日本人の開口一番は倉嶋だった。もうカメラを構えている。

「OKです。ただし、人は撮ってはいけません。みなさん自身の姿はいいですが……」

「列車の連結部やプレートもいいですよね」

「大丈夫です。ずいぶんと積極的なのですね」

「ツアー・ガイドの崔《チュエ》」と名乗った若い方の男は鼻が高く、苦みばしった映画俳優のような顔つきである。周囲に目配せしながら、日本人の動きを見守っていた。この崔の上司と思われる年配の男は「鄭《チョン》です」と言った。彼はほとんど動かず、笑うこともない。

カメラを持たない吉岡は車通詞に型通りの〝お別れ〟を言いたかった。しかし、彼女は高官風の男たちに囲まれていて、近寄る隙がない。これが彼女を見る最後の機会になるかと思うと、実に残念だった。目で挨拶しようと努力したが、視線が合うこともなかった。平壌駅の表玄関は実に豪奢である。路面には煉瓦風の石が敷き詰められていた。黒塗りのベンツが十数台、整然と並んで駐車しており、運転手がドアの側面に立っていた。帰国した曲芸団チームはかなりレベルの高い外交的な使命を担って中国に派遣されていたことが推測された。

吉岡らは古びた日本製の小型バスへと案内された。車は外国人客を泊める平壌高麗《ピョンヤン・コリョ》ホテルに向かった。

「私たちはまだ、日本に行ったことありません。いつでも行きたいと思っています」

崔がシートベルトを付けながら愛想よく言った。流暢だが少し妙な日本語だ。牛革コートの下は背広であり、左胸に最高指導者の肖像をあしらったバッジを付けていた。

吉岡はまず、四人の入国の予定が一人減となった理由を尋ねた。崔は「私たちは当初から三人であると聞いています」と答えるだけだった。武田は日本を発つ前から「入国不適格」だったのだろうか。北京まで来ていたのに、その熱意が評価されることはなかった。

ホテルは四十五階建てのツインタワーだった。吉岡たちはその十三階の一室に通された。その室内の豪華さに驚かされた。シングル利用なのに二室ある部屋だった。さらに応接セットも付いていた。高額の宿泊料金を取る理由がうなずけた。部屋に荷物を置くとすぐに、冷麺とビビンバの〝高麗料理〟レストランに案内された。小皿に乗った野菜と魚の発酵風味の料理が次々に運ばれてきた。それらを前にして今回のツアー企画の日程の細部を詰めるための相談が行われた。

「四泊五日の訪問旅行コースの大体は事前に決められた通りです。でも時間が許す限り、ご希望に沿いたく思います。遠慮せずに言ってください」

崔は職場で毎日、日本の新聞を読み込むそうだ。日本人の旅行客の意識調査を試みるかのような口ぶりで三人の意向を聞いた。「国立の曲芸団の公演が見たい」と倉嶋が言った。それを皮切りに、「歌劇場」「労働党本部」「高句麗古墳群」「鉄道博物館」「地下鉄」などの希望が出た。

実際には「必ず行かねばならない指定施設」が用意されており、義務的に訪問しなければならないのであった。万寿台大記念碑、千里馬銅像、朝鮮労働党創立記念塔、祖国統一三大憲章記念塔、朝鮮中央歴史博物館、祖国解放戦争勝利記念館である。各人の希望を言わせたのは、それがデータになるからだろうと吉岡は思った。

彼は「漁港と漁村が見たい」と申告したが、単語の意味が通じないようだった。「魚を獲る船が海へ出ていく場所」と言い直すと、崔は「ああ、分かりました。東海に面して大きい港があります。時間があればお連れしますが、たぶん無理ですね」と答えた。

「ここ数年、漂流した北朝鮮の漁船が多数、日本の海岸に打ち上げられるのですが、ご存知でしたか」

「漂流？　ああ、それは船の〝迷い子〟のことですね。過去に日本の船が来たことがありますが、朝鮮の船が日本に着く話は聞かないですね。そんな事例があるのですか」

崔は先輩の鄭の顔をちらりと横目で見た。鄭は何も言わずに頷いたが、眼鏡の奥の細い眼が一瞬鋭く光ったように見えた。

「みなさんから沢山の要望がありましたが、明日のお昼までに調整してお応えします。何でも言ってください。今から世界的に有名な冷麺が出てきますよ」

次々に料理が運ばれたが、崔は日本人への質問を続けた。「どうして今回の旅に参加しましたか」と一人ずつに聞いた。鄭はそのやり取りを黙って聞いていた。懐を探られるようで不快だったが、適当に答えるほかはない。崔も鄭も日本語に習熟しているので、日本人の間で本音で話ができない。打ち解けることができない窮屈な会話が続いた。

〝平壌自慢〟の冷麺は歯にからみ付くので吉岡は苦手だった。しかし、平林は「これが本場の味なんだな」と感心した様子であった。食事が終わりかけたところに倉嶋が崔と鄭に質問した。

「そのバッジ、みなさんが付けていますが、どこかで売っているのですか?」

「これは買うものでなく、国から職場ごとに支給されるものです」

「着用することが強制されるのですか?」

「共和国の一員である自覚を表しています。外出する際、これを付ける義務があります。外国人は欲しくても買うことができません」

「旅の記念に一つ貰って行きたいけど、何とかなりますか?」

「それは無理ですね。別のデザインで、外国人が買えるバッジもあります。その売店へご案内することはできます」

「楽しみだな。でも、なくした場合、ひどく怒られそうですね」

倉嶋の質問には相手を茶化すような皮肉が漂っていた。崔もそれを感じたようである。気まずい雰囲気になった。そして、ホテルに帰る小型バスの中で崔が注意事項を伝えた。彼は急に紋切り型の口調になり、言い渡すような調子だった。

「みなさんだけで外出することはできません。写真撮影は私たちが許可した時にだけO

Kになります。ホテルのフロントでは日本語が通じません。停電があるかも知れませんが、すぐに復旧します。入室したらすぐ、念のために部屋に蝋燭と懐中電灯があることを確認し、その位置を頭に入れておいてください」

六

吉岡が意外に思ったのは、ホテルの部屋に備え付けのテレビに日本のBS放送が映ったことだ。ちょうど国際ニュースの時間帯であり、イスラエルとパレスチナの摩擦が報じられていた。インターネットもカード決済も不可能であると聞く情報統制の国なのに、国際放送の受信が制限されないのは不思議であった。

白いレースのカーテンを引くと、外は氷雨だった。暖房が効いているはずだが、スイッチを入れても温風が出て来ない。吉岡はかなりの肌寒さを感じた。平壌の第一夜はほとんど眠ることができなかった。

翌朝の食事はビュッフェスタイルだった。広い食堂の入り口に民族衣装の女性が立っていて、日本語も英語も巧みに使った。若いボーイが五人働いており、そろって長身だった。日本人の三人組は一つの食卓にかたまるようにして座った。ボーイの一人が神経質そうな動作で食器を整えた。

平林が「見物する場所はすべて、先方まかせのようですね。最初はお決まりの指導者銅像への表敬訪問でしょう」と言った。さらに、「ガイドの指示に従い、撮影は許可がある時だけです。変に刺激する質問は避けましょうよ」と、これまで何度も聞かされた注意事項を繰り返した。倉嶋がパンをちぎりながら言った。

「いやあ、今回はかなりの質問攻めですね。以前に空路で二度、平壌に来ていますが、これほどのことはなかった」

大物代議士だった故K氏の縁者が北朝鮮に招かれた時、倉嶋はテレビ局役員が率いるツアーに参加し、華麗なマスゲームなどを見学したことがあるという。

「何せリーダーがK氏の長男ですからね、大した歓迎ぶりでしたよ。でも、今回はすごく警戒されている。雲泥の差だな」

「われわれのチームの性格があいまいなので、身上調べをせざるを得ないのでしょう」

平林がそう言った。Ｋ氏は脱税と政治資金規正法違反で摘発され、自邸から金塊を押収されたが、北朝鮮ではいまだに尊敬されているらしい。

――自分たちに政治の色はない。だが、受け入れ側としては、かえってその部分が気になるのだろうか。

そんなことを吉岡が考えていると、倉嶋が状況を分析し始めた。

「鄭といいましたかね、あの齢《とし》食った方の男はきっと監視役ですよ。われわれの発言や行動を記録し、政府に報告する役柄だと思う。怖がることはないけど、慎重に接する必要がありますね」

平林は頷いた。吉岡にはどういう意味なのか分からなかった。鄭がそのような立場の人間ならば、拉致問題に関してどうしても言いたいことがある。

翌朝、早く目覚めた吉岡は日記帳を取り出した。武田から貰った甲州印伝のブックカバーを毎年、繰り返し付けている。何枚かの資料を挟み込んでおいたが、入国の際の検査の際、そこまでは覗かれなかった。そこに日本人拉致事件に関する全国紙の記事の切り抜きが挟み込まれていた。

その主見出しは「政府は本気で行動を」である。新潟市の中学一年生だった少女は、一九七七年十一月、下校途中に消息を絶った。拉致被害者であることが判明したのは二十年後の九七年だった。脱北して韓国に渡った元工作員の証言により、その事実が分かった経緯が書かれていた。

二〇〇二年と〇四年の日朝首脳会談で、拉致された少女が北朝鮮で結婚して母になったことが伝えられた。帰国の実現を叫び続ける母親は現在、八十歳を超えている。

自分は今、平壌にいる――。そう思うと、吉岡は一刻も早く、最高指導者が執務する朝鮮労働党本部の前に立ちたかった。外交に何の力もない一人の観光客に過ぎないが、言うべきことがある。そう思いながら吉岡は防寒の羽毛ジャケットを着てエレベーターに乗り、一階に降りた。

崔と鄭がロビーで待っていた。二人とも直立不動の姿勢から丁重なお辞儀をした。

「寒波が来ています。雪になるかも知れません。みなさん、服装は大丈夫ですか」

崔がよどみない口調で言った。たしかに氷雨が降り続いており、平林が持つ温度計がマイナス五度を示していた。

街行く人々は一様に黒いコートを着ており、誰もが足早であった。最初の訪問地の朝鮮革命博物館は巨大な石造りであり、街を見下ろす丘の上に建っていた。庭には鎌とハンマーを持った人々の像が聳えていた。崔が「昨夜、お願いしましたように、礼儀正しく行動してください」と注文した。

民族衣装の女性が案内してくれた。訪問客はほかにはいない。正式な開館時間の前なのかも知れなかった。管理職と思われる詰襟姿の男が随行し、日本人らの動きを見守っていた。第一室の中央に初代と二代目の最高指導者の像が立っていた。それは極めて精巧に作られたプラスチック製であり、実物よりかなり大きかった。像の足元は人工の草花で飾られていた。なかなかの技術であった。

「みなさんでお願いします」と言いながら、崔が模範を示して指導者像に深々とお辞儀をした。両側の壁には白馬にまたがった指導者たちの油彩画が架かっている。案内役の女性はそれぞれの絵画に、いちいち深々とお辞儀をしながら歩いた。

陳列の内容は一九三〇年代に始った抗日武装闘争の経過に沿っていた。とくに中国領内の山間地域におけるパルチザン闘争が重視されていた。ゲリラ戦の武器や戦士たちの住居のレプリカを展示し、その苦難と成功の軌跡を解説していた。

吉岡が注目したのは、日本語の新聞記事や旧帝国陸軍参謀本部の報告書類が多数展示されていたことだ。日本語を読解する研究者が数多くいることが推測された。日帝支配からの解放の実現と階級闘争での勝利。その英雄譚が執拗に繰り返される。倉嶋が吉岡のそばに寄って来て「典型的な個人崇拝だ。うんざりだな」と言った。聞き耳を立てている崔がこちらを見て、薄笑いを浮かべた。それを意識しながら吉岡は倉嶋に言った。

「観光客にはお決まりのコースだから、我慢して付き合うほかはないでしょう」
「私は三度目ですからね、食傷気味ですよ」
「それを体験しに来たんじゃないのですか?」
「それはまあ、そうではありますが……」

人民広場、朝鮮労働党モニュメント、主体思想塔、三大革命展示館……と公共施設の訪問が続いた。どの建造物も巨大であった。崔と鄭は最高指導者の像を仰ぐたびに最敬礼のポーズを取った。初代指導者は「首領様」、二代目は「前主席」、現在の三代目は「委員長」と呼ばれていた。

小型バスは朝鮮労働党本部前を通り過ぎようとしていた。崔が「ここで車を止めること

は許されていません」と言った。冷厳な建造物の外見から威圧感が伝わってきた。兵器開発の実績を誇示するパレードが行われる大広場に、横なぐりの霙が降りしきっていた。

小型バスはかなりの速度で平壌市内を走り抜けた。監視されている感覚が鬱陶しかった。誰も言葉を発しなかった。雪は雨に変わった。

夕食の会場は三階建の料理店だった。机の上に炭火コンロを乗せ、肉と野菜を焼いた。

「北朝鮮で〝焼肉〟といえば、通常は家鴨のことです」と崔が言った。彼は日本人たちに肉の味付けの仕方をていねいに説明し、酒類を注文した。市民が好む酒は二種類で、二十五度以上の合成酒が「平壌焼酎」、それ以外は「平壌酒」と呼ばれるそうだ。単に「酒」といえば後者を指すという。

「薬効の高い人参や松茸、時には蛇を漬け込んだ薬用酒は数えきれないほどの種類がありますよ。最終日に外国人向け土産物店に行きますので、ぜひ買ってみてください」

今、平壌にいる日本人は吉岡ら三人だけらしい。在留の特別許可を持つ日本人の寿司店主がいたが、最近、店を閉めて帰国したという。

酒の力を借りて日本人グループは緊張から解放された。口火を切ったのは倉嶋だった。

「どうも観光気分が出ませんね。最高指導者の肖像を見るたびにお辞儀をするなんて異常ですよ。僕の性分にはとても合いません。社会主義って指導者に対する個人崇拝を強制するんですか?」

いくぶん挑発するような口調であった。崔が何か言おうとしたのを鄭が押しとどめ、箸を置いてから落ち着いた口調で反論した。

「尊敬の思いが自然にお辞儀になるのです。私は日本の新しい天皇陛下の即位パレードの映像を見ましたが、多くの人が熱狂し、泣いている人もいました。あれと同じ気持ちですよ。私たちは主席や委員長を心から敬愛しているのです」

これに対し、倉嶋も平林も何も言わなかった。崔は黙ったまま、鴨肉の焼き具合を一片ずつ確かめては金網からはずし、長箸を使って小皿に移していた。平壌焼酎が効いてきて吉岡はふらっとした。何か言いたい気持ちはあったが、ここで調子に乗ってはいけないと自分を抑え込んだ。

六

朝、目覚めてカーテンを引くと、大きな粒の霙がガラス窓を打っていた。見下ろす街路には人通りがなかった。

吉岡は寝不足だった。深夜まで日記代わりのメモを作り、さらに俳句を考えていたからである。〝てにをは〟が落ち着かず、詩ができるどころかストレスが高じた。〈大陸の列車に匂ふ参鶏湯〉〈野水仙屹立しをる監視塔〉〈山積みの白菜の白牛車行く〉……。

K27列車の中でアクロバターたちと〝交流〟したことが思い出された。博物館、巨像、広場の見学には味がなく、俳句の素材にする気にはなれない。彼は〈冬牡丹将軍様と云ふ男〉と書き、甲州印伝の表紙を閉じた。

もし武田がここに来ていれば、「政治の話は避けよう」という申し合わせに反発し、北朝鮮側の案内人を刺激したのではなかろうか。吉岡は武田に手紙を書き、ぜひとも平壌から投函したかった。図書館の植田司書にも書かねばならない。氷雨が降りしきる闇の中に彼女の微笑を思い浮かべた。

――馬鹿だな、俺も。

自らを嘲りながら大きなダブルベッドに横たわった。何度も腕時計を見た記憶があるので、夜明け近くまで眠りに入らなかったようだ。

午前八時に崔と鄭がホテルのロビーに迎えに来た。ネクタイを締め、首領様のバッジをつけていた。平林に「どうぞ」と促され、崔が説明を始めた。

「みなさん、滞在三日目ですね。これは良かったことですよ。地下鉄に体験乗車できます。駅の中の写真撮影も特別に許可されます」

「電車の中はだめなんですか」と、すかさず倉嶋が質問した。

「乗車している時は撮影を遠慮してください。駅のホームでも私がＯＫを出した時にだけ、カメラを出してOKです」

吉岡は白い息を吐きながら小型バスに乗り込んだ。路面にうっすらと雪が積もっている。道を清掃し、枯れ葉を集める市民たちの姿を見た。

「昨夜は北風が強かったですね。この季節、平壌では沢山の落ち葉が出ます。南のソウルでは見られない光景ですよ。物質的な生活水準はまだまだ追いつけませんが、街の緑と美人の多さは負けません」

客の緊張を和らげるような冗談であった。崔たちは作戦を変えたのかも知れなかった。韓国と比較して物質面で劣ることを平然と認めるのは意外だった。

——先方が作戦変更ならば、それに乗ろう。こちらに隠すものはない。

そう思った吉岡は鄭の顔をのぞき込んだ。

「本当に日本語がお上手ですね。どうやって習得されたのですか」

「私が覚えた言葉はもう古くなりました。日本語はどんどん変わりますね。新しいカタカナの言葉や省略の表現に追いつけません」

「日本語の推移をずっとウォッチングしているのですか」

「それが仕事です。新聞や雑誌に目を通しますよ。少し遅れて朝鮮に入ってきます」

すばらしい日本語である。不自然なイントネーションがまったくなかった。日本の書籍資料はどのようにして届くのだろうか。経済制裁をかいくぐるので、中国を経由して来るのだろうか。

「私たちはもっともっと日本語を使って、ビジネスの話をしたいのに、その機会が失われています。大変残念です」

そう言って崔が割り込んできた。彼は外国語大学で日本人の教師から言葉を学んだという。朝鮮の天然資源や農林関係の技術を学ぶうえで、植民地時代に日本人が残した膨大な研究資料が貴重なのだとも言った。

「私たちは過去の経緯を踏まえながら、新しい経済分野で日本との交流を強化することを望んでいます。今の状態では、日本語を身に付けた者たちは共和国のために十分に役立つことができません」

大きな公園前で車を降り、清掃が行き届いた舗道を歩いた。その道は地下鉄千里馬線の「復興駅」に通じており、幅の広いエスカレーターだった。壁には先代の最高指導者の肖像画が架かっていた。いかにも頑丈そうな地下施設であった。

「かなり降りますね。地下何メートルですか?」

「それは言えません。写真、だめですよ」

「百メートルは降りたでしょう。動力はどうなっているんですか?」

「言えません。街の中が停電の時でも動くようになっています」

倉嶋と崔が問答していた。平林はあちこちを見回し「こりゃあ、まるで首都の空爆に備えたシェルターだな」と声を上げた。

興味深かったのは、ホームで電車を待つ人々の態度だ。男女とも黒いコートに身を包み、二列になって電車の到着を待っていた。乗り込むと、車内はすっきりしていて全くごみがない。進行方向の左右に横一列の長い座席だった。人々は背筋を正している。その視線は三人の日本人に注がれ続けた。

乗車したのは一駅間だけであった。「栄光」駅のホーム上で五分間の撮影が許可された。崔が「ここは日本で言えば、霞ヶ関駅のようなものです」と言った。官庁街という意味なのだろう。

エスカレーターを使って外へ出ると、小型バスが待っていた。次の訪問地が「祖国解放戦争勝利記念館」と告げられ、吉岡は「また体制の宣伝か」と思って嫌気が差した。それは広大な野外展示場のような施設であり、制服姿の若い将校が案内役に付いた。

「昔の日本軍の階級だと少尉さんです」と崔が紹介した。その年の春に大学を卒業し、志願して軍人になった「キム（金）」という苗字の女性だった。

金少尉はきれいな英語で説明した。大学では社会心理学を専攻したという。北朝鮮の軍人はすべて志願兵であり、徴兵制ではないことを知った。彼女の軍務は「エドゥケーション」と「ガイダンス」だそうだ。各地の兵団から教育目的のために同施設を訪れる者たちを対象に「共和国人民による国家防衛の歩みを理解させる」役柄であった。

最初に案内された陳列物は三台のソ連製「T34」型戦車だった。一九五〇年六月、朝鮮戦争勃発と同時に約二百台が活躍した。「決定的な反撃戦であり、四日間で南の首都ソウルを占領した」と、誇らしげな説明があった。

撃墜した米軍戦闘機や、韓国軍から奪取した機関砲、各種砲弾などを見せられた。一九五〇年九月の米軍の仁川上陸から五三年七月の停戦協定調印までがポイントだ。とくに平壌空襲の際の市民の団結ぶりが語られていた。

芝生を張った庭の脇を大同江が流れていた。一九六八年に拿捕されたアメリカの調査船プエブロ号が係留されており、当時の通信機器類を保存している船内に案内された。金少尉の説明の中で「スパイ」の語が何度も使われた。

多数の兵士とすれちがった。整列した彼らは一様に、吉岡が持つスマホに鋭い視線を投げかけた。北朝鮮人民軍の兵装の歴史を展示した資料館は停電発生を理由に見学がキャンセルされた。

金少尉は別れ際の記念撮影に応じてくれた。吉岡が握手を求めると、柔らかい掌でしっかり握り返してきた。

続いて産業技術の「躍進を記録する」展示館に案内された。鉱山の模型、火力発電所の蒸気タービンなどが並んでいた。ここでも停電があった。展示館の中は完全な闇となり、吉岡たちは守衛の掛け声とともに外に出された。

平林と倉嶋は庭の一角に展示されている五種類の機関車を、しきりに撮影していた。その間、吉岡は庭の樹木に近寄り、手で触れた。広葉樹の根元に手のひら大の石を多数並べている。それが朝鮮式の育樹の技術なのだろうか。実に興味深かった。吉岡の行動を鄭がじっと見守っていた。

マイクロバスに戻った時、崔が「みなさんからリクエストがあった曲芸の公演はしばらく休演です。代わりに演劇の鑑賞をセッティングしました」と恩着せがましく言った。その歴史劇を直訳すれば「祖国の母を訪ねて」「血の海と抵抗」の二本立てであった。ストーリーは似たようなものであり、まずは農民を搾取する地主階級の冷酷さが描かれる。次に旧日本軍が登場しては村を略奪し、若者や娘を連行する。家族と引き裂かれた主人公は発奮して武器を取り、同志らとともに奮闘して解放を実現する。

この観劇ほど不愉快な時間帯はなかった。場内は学校生徒と若い兵隊たちの集団でほぼ満席であった。涙と拍手が渦巻いた。「日本人のグループがいる」という情報が口伝えに広まったようであり、劇を見終わって退場する若者たちが反感のこもった視線を投げかけて来た。

七

「見学する場所が多く、みなさんお疲れになったでしょう。明日のスケジュールですが、外国人向けの土産物屋、それに郵便の仕事をする場所に行きます。吉岡さんから要望が出た港町は遠いので、次回の訪問にしてください。壁画のある高句麗古墳への道は土砂崩れのために通れなくなっています。これも次回ですね」

高麗料理のコースを前にして崔が言った。口調にどこか投げやりな感じが漂っていた。

吉岡は箸をつける気がしなかった。早く切手を入手して手紙や絵葉書を投函したかった。

植田司書にどのような便りを書こうかと、しきりに考えていた。

倉嶋が意を決したような口ぶりで話し始めた。

「崔さん、ご案内いただいてありがたいのですが、私はとても不自由を感じています。ショッピングもできないし、夜間に外出も許されない。せっかく平壌まで来たのに、市民の人と会話もできない」

「それは仕方ありません。理由はお分かりだと思いますが、日本人への視線は厳しいです。みなさんが街の人々から誤解を受けないために、日本人だけでの外出は許可できません」

「私たちの部屋ではBS放送を見ることができますが、一般の家庭でも見られるんですか?」

「それは不可能です。ホテルに泊まった外国人だけです」

「最高指導者はどこにいるのか、分かっているのですか?」

「前の方は労働党本部で執務されていました。今の方は何処におられるのか非公開です」

「行動が規制されてばかりで、みなさん自身は窮屈を感じないのですか?」

「感じませんね。模範が示され、やがてルールになります。みなそれを尊重しています」

金網の上で肉が焦げている。平壌酒のコップを握ったまま、崔が「そろそろ私たちは本音で話しませんか。みなさんは意識的に避けているようだけど、政治や社会の話をしましょうよ」と言った。

すかさず吉岡は「日本人の拉致問題について知っていることがあれば教えてくれませんか」と質問した。

「日本人のお客さんを案内するたびに聞かれます。あれ（拉致）は過去の誤った命令でした。国家として反省し、関係者は処分されました。被害を受けた人の帰国が実現しました。これ以上に進展することは難しいと思います。この問題に拘り続けると、両国関係はいつまでも良くなりません」

「日本に帰還できたのはほんの一部の人だけだ。所在や生死について誠実に開示すべきです。北朝鮮の国民は、日本人がこの問題でどれだけ怒っているのかを知らされていないのではないか」

人命にかかわる未解決の部分を棚上げして経済的な交流を進めることはできない。語気を強めて非難したつもりだった。しかし、崔は落ち着き払っていた。

「全部ではないかもしれませんが、日本での動きは承知しています。新聞の論調も把握しています。被害者の家族会がアメリカ政府や議会に働きかけていることも知っています。実は北朝鮮の国民も拉致被害の家族には深く同情しているのです。日本政府の現実的ではない強硬な姿勢が膠着状態を招いています」

その口調に悪びれた様子はなく、憎らしいほどに冷静だった。それが癇にさわった。二〇〇二年九月に日朝首脳会談が行われたが、拉致された人々の中から五人が帰国したに過ぎないのだ。「すでに死亡」という朝鮮側の調査報告に対し、家族会は「嘘だ」と叫び続けている。ヨーロッパ留学中の二十三歳の時に消息を絶ち、五年後に北朝鮮にいることが判明した女性もいる。みな、どこで何をしているのか。

それまで黙っていた平林が声を荒げた。我慢しきれないという様子だった。

「拉致者は返さない、ミサイルはぶっ放す。国同士が仲良くできる訳がないじゃないですか」

「ミサイルの発射は別問題です。国家防衛上の必要事項ですから、ぜひ理解してほしいですね。日本の領土に向けて撃ったことはありませんよ」

「本州を飛び越えて太平洋に落ちたこともあった。隣国の感情をおろそかにし過ぎていますよ」

「みなさんは北朝鮮の国民がどんなに緊張した思いで国家防衛に取り組んでいるのかをご存知ない。日本のように米軍の基地が多く、外国軍が居座り続ける国は異常なのです。

私たちは自分の力で領土と国民の命と財産を守っています」

「だから核武装ですか。そのような軍事優先の態度では国際社会で孤立しますよ。国民の暮らしもいつまでたっても豊かにならないでしょう」

崔と平林の応酬を聞いていた鄭が口を開き、「孤立は絶対に避けなければなりません」と言った。彼は酒を全く飲まないようだった。語り口はあくまで落ち着いていた。

「ご承知だと思いますが、一九九〇年代に私たちは深刻な〝苦難の行軍〟を経験しました。直接的な原因は天候異変による食糧生産への大打撃です。ソ連の崩壊の時期と重なり、東欧諸国や中国産の食糧の調達も不調でした。いわば孤立無援の状態でした。その試練から立ち上がりつつ、多くの教訓を得ました。国際協調の重要性もその一つです」

崔がこれに同調し、「本当にあの時はつらかった。この平壌でも餓死する人が出るほどでした」と言った。三十万人を超える餓死者が出たと国際機関は推定しているが、まさか北朝鮮の案内人の口から飢饉の話題が出るとは思わなかった。

「その後、土壌改良や圃場整備を積極的に進めました。そして食糧の備蓄も万全になりました。今は領土を保全し、南と競い合いながら、外国と対等に交渉する時です。敵対ではありません。核兵器を保有する大国に脅されないために、私たちは核武装が必要だと思っています」

それは井戸端会議に過ぎない未熟な政治談議であった。しかし、タブーが取り除かれたことが吉岡にはうれしく思えた。会話は少なからず険悪にはなるだろうが、人と人の付き合いは深まるというものだ。倉嶋は崔と鄭を挑発してやろうと考えたようである。

「そんなに領土が大切ですかね。大事なのは国民の生活でしょう。十分に食べさせることができなければ、何のための領土であり、軍備なのでしょうか」

「それは愚かな考えですよ。国民の命を守っているのは領土です。現代の日本人はそれを軽視する。そのように教育されてしまったのではありませんか」

「戦後のアメリカ式の民主主義教育のことですか？　私が言っているのは、為政者の体質というかモラルのことです」

「私たちは幸いにも偉大な指導者に恵まれています。その力を信じて前進中です。みなさんは気を悪くされるかも知れませんが、日本はいま衰え始めています。A総理大臣のことを私たちは〝アメリカのイヌ〟と呼んでいます。吠える犬ではなく、天狗の〝狗〟という字です」

話の内容はいよいよ険悪になった。平林がリーダーらしく、両者を取り持つ努力を試みた。

「それは〝走狗〟の狗ですね。表現がきついな。そういう一面があることも否定できないけれど、日本は対米追従と国際協調が命なんです」

崔は矛を収めようとしなかった。「総理大臣が狗でもいいけれども、国民がみな狗になったらおしまいですよ。世界の人々から信用されず、まともに相手にされない特異な国になるでしょう」と、ダメ押しとも言える言葉を吐いた。

もはや穏やかな気分で晩さんを楽しむことはできなかった。倉嶋は腕を組んで憤然たる表情だった。平林は視線を宙に飛ばし、深く考え込む風だった。崔も鄭も黙り続けていた。

吉岡は「これが自然なコミュニケーションなのだ」という思いを強くした。

午後八時を過ぎた平壌の空気は急に冷え込み、路面は凍り付いて所々が白く光っていた。

吉岡は崔に向かって「壁画古墳を見られなくなったのは残念だな。入国できなかった友人の分も、古代朝鮮の文化レベルの高さを味わいたかったのに……」と、言った。本当に大規模な土砂崩れがあったのかどうか疑わしかった。

その高句麗壁画古墳は世界文化遺産として名高い。北朝鮮での指定第一号であった。四世紀から七世紀にかけての約七十の古墳のうち、江西大墓を吉岡はひと目見たいと思っていた。明日香村の高松塚古墳の壁画との類似性が指摘されている。四神像に古代の人々の宇宙観がこもる。吉岡は写真で見て、空想をふくらませてきたのだった。しかし、「壁画の写真ならば、明日ご案内する土産物店でも買えますよ」と崔は軽くあしらった。

四日目も霙まじりの悪天候だった。朝鮮美術博物館と朝鮮労働党創立事績館の見学が予定されていたが、断ることにした。社会主義体制と先軍政治の宣伝には十分過ぎるほどに付き合った感がある。少しリラックスしたかった。

北朝鮮の人々や物産に親しみたかった。そんな吉岡の思いはいくぶん満たされることになる。それは切手、コイン、メダル、絵葉書などを扱う店だった。中国元の値札が付いていたので、外国人専用の売店なのかも知れない。

実に多様な記念切手が発行されていることを知った。デザインは花鳥風月が少なく、政治的なイベントや建築物の完成、スポーツ分野の功績が多い。そこには政権の威光をあまねく行き渡らせる意図がうかがえた。印刷は精巧だった。

吉岡は倉嶋の助言を得て「平壌平和宣言」の記念切手を見つけた。そこには日本の総理大臣と朝鮮労働党総書記が同じテーブルで署名を交換する姿が印刷されていた。二〇〇二年九月十七日、平壌の百花園招待所で行われた首脳会談であり、その時のカラー写真が二枚一組で図案化されていた。

吉岡はそれが電撃的に報道されたことを記憶していた。両首脳は国交正常化交渉の再開に合意し、北朝鮮側は拉致問題について「特殊機関の一部が妄動主義、英雄主義に走った」ことを謝罪した。これに伴い、拉致被害者のうち四人の生存と八人の死亡が明らかにされた。さらに、日本側では把握していなかった一人の拉致と生存が報告された。

この会談で日本側は二十五万トンの食糧支援、一千万ドル相当の医薬品の供与を約束した。また経済制裁を条件付きで緩和していくことを伝えた。北朝鮮政府にとって大きな外交的成果であり、記念切手が発行されるほどだったのである。

二回目の首相訪朝は二〇〇四年五月二十二日であり、拉致被害者の家族の帰国が認められた。しかし、その後は北朝鮮側が約束した再調査の成否を巡り、両国関係はふたたび緊張した。

吉岡は切手デザインの中で談笑する両首脳の姿を凝視した。華やかな会談の背後にあまりにも多くの怒りと悲しみが渦巻いていた。

倉嶋はガラスケースの上で指を立て、各切手を机の上に出すよう女性職員に依頼した。そして、実に意外なことを口走った。

「僕は平壌平和宣言の切手の中で、この人物に注目します。総書記の後ろから署名を見守っている、眼鏡をかけた人物です。この人は当時、首脳側近の政治家でした。しかし、その後、最高指導者が今の人になってからの政変で粛清されました。そのことは国際的にも大きく報道されました。でも、記念切手の中に居続けている。北朝鮮の一般の人はどう思っているんでしょう。この国の変なところだと思いませんか」

吉岡はこの曰く付きの記念切手を武田と植田司書宛ての封書に入れることにした。

八

前夜にタブーを超えて政治談議をしたことが、かえって両者間の距離を縮めたのだろうか、ぎこちない壁がいくらか取り除かれたように思えた。崔は吉岡と肩を並べて凍った道を歩き、自分の家庭のことを話し始めた。

彼には高校生の娘と中学生の息子がいるという。「子どもたちには国際社会を学び、共和国の将来に役立つ人物になってもらいたい」と話した。そのあとで「お金がかかりますよ。妻は教師をしています。日本では〝夫婦共働き〟という言葉を使いますね」と付け加えた。

吉岡は自分が三人の子どもを育てる時に、学習塾やスポーツ教室、音楽のレッスンに出費がかさんだことを話した。子育て失格の父親だったが、身を粉にして妻と子どものために稼いだことは間違いない。

家計のやりくりの話から年収の話になった。崔は「日本の物価水準に照らせば、私の生活レベルは年収四百万円から五百万円のサラリーマンといったところです。四十五歳にしては少ないと思うでしょう。韓国の水準と比べても半分ぐらい。なかなか追いつけません。人口も半分ですがね」と言った。

吉岡の記憶によれば、二〇一五年現在で「北朝鮮の国民一人当たりの所得は韓国の約三十分の一」のはずである。その後の経済成長が大きかったとしても、崔はかなり見栄を張った数値を述べ立てている。向上意欲と対抗心のあらわれと受け止めた。

「日本は平野が少なくて、サラリーマンは衣食住の〝住〟に苦しめられます。一人当たりのGDPは豊かさの指標になっていませんよ」

「共和国も平野部は国土の二割です。国に払う家賃が高いのは日本と同じです。ところで、日本の老人の収入源は何ですか?」

「私は離婚し、独身生活です。収入は年金とアパートの賃貸料。株も少し持っていて、市場の動向に右往左往していますよ」

「我が国にはそれはありませんね。でも、離婚はけっこうありますよ。当人同士の相性ですからね」

崔は巧みな日本語で応酬し、冗談を混ぜた。側で聞いていた鄭が口を開き、やや自嘲的な雰囲気を隠さなかった。

「私は一度も結婚したことがありません。もうすぐ定年退職なので、吉岡さんと同じで、独り暮らしのさびしい老人になりそうです」

朝鮮国際旅行社には約八十人のインタープリターが働いているらしい。日本の担当はどんどん減り、現在八人になった。「もっとガイドの仕事をしたいのに、呼ばれることが少なすぎる。どうしてこうなったのか」と崔。「それには、本当にがっかりしています」と鄭も口を合わせた。

彼ら二人が日本語の勉強に精励した時期、つまり七〇年代、八〇年代には「経済に強い日本との貿易で、将来、国を富ませることができる」という希望的な観測があったらしい。崔は「日本で遊技場や焼き肉店などで成功している同朋は多い。経済制裁がなければ両国間のお金の動きも活発のはず」という意味のことを言った。金の動きが凍結される経済制裁に業を煮やしている様子であった。

吉岡は陳腐な表現かもしれないが〝腹を割った〟会話になったと思った。政府と党の意向に従って社会主義体制の宣伝をすることが朝鮮側の案内人の使命と勘ぐっていた。その意味では、崔も鄭も使命を十分に果たした。しかし、一皮むけばお互いに同じサラリーマン労働者であり、希望と挫折をかかえる家庭人でもあった。率直に話し合えたことがうれしかった。全く予想していないことだった。

──われわれの間の壁は何だったのか。それは自分たちの側で勝手に作り上げたものだったのかも知れない。北朝鮮に独裁国家というレッテルを貼り、過度な警戒意識を持った結果である。でも、それは日本人が持たなければならない正常な感覚だ。

──考えてみれば自分は政府関係者ではない。民間人として政治体制の枠を脱して話することができるなら、それが望ましい。俺は自分の中に敵対する小さな政府を作り、その建前が自明なモノのように誤解していたのではなかろうか。

吉岡は考え込んでしまった。自分が鎧を脱ぎ、ようやく普通の旅人になれたような気がした。明日の早朝には平壌を去るのだが……。

多数の市民が道の清掃に出ていた。高校生ぐらいの生徒たちも含まれているように見える。崔に質すと「そうです。奉仕活動も学習です」と答えた。

外国人向けの豪華な物産販売所に行った。桃色のスーツのユニホームを着た若い女性たちが特産品を並べていた。酒、たばこ、花瓶、絵画、石や貝や真珠を加工したアクセサリー。正札には英語、中国語、ロシア語が書かれていた。

「高麗焼酎」が一番の人気商品であるそうだ。瓶の中に人参などの薬効物質が漬け込まれていた。崔に聞くと松茸酒が自慢だと言うので、吉岡は四合瓶を二本買うことにした。

しかし、支払い方法がめんどうだった。物品をリクエストすると、その品番を記した伝票が女性店員から渡される。それを持って会計窓口に行き、支払いを済ませる。その伝票を持って再び売り場に戻り、やっと品物を受け取ることができた。

その店ではユーロはもちろん米ドルも使えた。崔が「物や値段の写真は撮ってもいいで

すが、女性にはカメラを向けないでください」と大きな声で注意した。

調度品の棚の中に、江西大墓の壁画「玄武」の刺繍をあしらったカード入れが並んでいた。見学を希望しながら実現しなかった高句麗古墳である。その未練のために彼は二個買うことにした。一個は植田司書へのお土産である。もう一個は新婚の娘に送ろうと思う。大亀に蛇が巻き付いた玄武のデザインは、簡素な刺繍であっても伸びやかで、どこか優雅であった。

部屋に戻ってから、句帳を手に取ったが、俳句は浮かんでこなかった。植田司書宛の手紙の第二信を書いた。届くかどうかわからないが……。今ごろ雪化粧を急いでいるはずの月山、朝日、蔵王の峰々を脳裏に描いた。自宅の東の空にそびえる雁戸山が妙になつかしく思えた。

「国際夜行列車K51」は午前十時十分に平壌発。翌日の午前八時三十分に北京に到着する予定だ。所要二十二時間は往路より少し早い。

吉岡は早朝から手紙を書き、午前九時に崔に付き添われて国際郵便取扱所に行った。平林も倉嶋も「たぶん日本には届かないと思いますよ。実験でやるのはいいですが」と冷淡だった。

崔にも郵便受付の係員にもしつこく確認した。その答えは「普通に日本の住所に配達されます」だった。書簡も葉書も同じ値段で百五十三中国元。吉岡は書簡二通、葉書三通に所定の金額を払った。政府機関によって中身がチェックされることもあると聞く。その実験の意味もあった。それぞれの郵便に「窮屈な国である」旨を書いた。

平壌駅はかなり混雑していた。十両編成のK51列車はすでにホームで待機していた。出迎えの時と異なり、崔と鄭は共にラフな服装であった。ネクタイはゆるく、ジャンパーの前のボタンをはずしていた。

崔は「今日は休日ですが、植林運動の日になっています。汽車の窓から大勢の人が木を植えている姿を見ることができるでしょう」と言った。

鄭はにこやかだった。両人とも肩の荷を下ろしたような感じを漂わせていた。それは職業的な義務を果たしたという安堵感のように見える。日本人グループがスパイ行為や薬物取引などの変な動きをすれば、彼らが責任を追求される立場だったのかもしれない。

平林はK51の車両や連結部にカメラを向け、立て続けにシャッターを切っていた。撮影が不自由だった往路の分を取り戻そうとしているかのようである。制帽を目深にかぶった車掌がホームに出ていたが、カメラを向けても不機嫌そうな視線を返すだけであり、制止しようとはしなかった。

吉岡は植林運動の話が興味深く、崔に詳しい説明を求めた。二〇一五年から国を挙げて山々に木を植え、平野部の不毛な土地にも可能な限り植栽を施すことが「国民の義務」になったらしい。それは最高指導者の「熱烈な意志」として引き継がれている。植林用の苗木はすべて政府から支給され、学校や職場、村落ごとに配布される仕組みだという。

「九〇年代の〝苦難の行軍〟の時代が過ぎた後、私たちは山が荒れていることに気づきました。石油や石炭の代わりに、身の回りの木々を伐ってどんどん燃料にしました。平壌から見渡す周囲の山も一時は緑を失いました。そのことを反省し、二〇〇五年ごろから木

を植え始めました。二〇一五年以降は最も重要な国民運動の一つに位置付けられます」
　組織的な緑化活動は平壌市内から始まり、全国規模で徹底しているらしい。街路樹だけでなく、三大革命展示館など公共施設の庭に広葉樹の苗木が密植され、その木々が順調に育っている。
「問題は農村部です。まだまだ緑が回復しませんね。丘や庭、主要な道沿いだけではなく、余った畑にも樹林を広げるようにがんばっています。鉄道沿いに集中的に植林することは、数年前から熱心に取り組んでいる新たな課題です」
　北朝鮮の現況について多くの自慢話を聞かされたが、吉岡にとってはこの植林の話がもっとも印象深かった。随所で市民が樹木の周辺で作業する姿を見てきた。「そういう訳だったのか」と合点がいく思いだった。

最高指導者の号令と集団主義の力で国土緑化の運動が急速に進んでいるようである。

ホーム上の崔と鄭が、開閉できない列車のガラス窓越しに軽く手を振っていた。崔は誇り高い共和国の構成員として背筋を伸ばしている。一方、鄭は猫背で小柄な体が悲哀を漂わせ、いかにも定年退職が近づいたサラリーマンの姿だった。

〝軟席〟寝台のコンパートメントには日本人三人のほかに、中国人の初老の男が乗り込んでいた。吉岡たちは窓ガラス越しに「ありがとうございました」と異口同音に言った。それを聞いた中国人が「日本人?」と聞いてきた。

彼は鼈甲の眼鏡をかけており、金持ちの匂いがした。その男と平林が中国語で短い会話を交わす間に、列車はゆるやかに発進して平壌駅を後にした。

同室になった中国人は気さくであり、名刺を出した。「丹東海洋生態交易公司」の経営者で、「朱」という苗字だった。平林はその名刺を見て「公共性のあるような団体名ですが、一般の会社の人ですね。魚介類の輸出入をしているようです」と解説した。

吉岡は窓外の景色に釘付けになった。崔が予告した通り、多くの市民が防寒服に身を包み、線路脇で植林の作業をしていた。苗木を小山のように積み上げ、それを一本ずつ持って植え込んでいる。植栽木の根元は例のごとく小石で丸く囲んでいる。根元には消石灰の

液体のようなものを厚く塗っていた。
　寒風すさぶ鉄路の脇で、着ぶくれして頭巾をかぶった婦人たちが働いていた。学校の生徒と思われる集団が整列している姿もあった。
　やがて田園地帯が始まった。往路の際は闇の中だったので気づかなかったが、線路沿いの畑を樹林帯に変える意図が明らかにうかがえた。短冊状に土を盛り上げ、整地した土床に列状の幼木が植えられていた。
　成長した木々の一部は落葉していた。吉岡は「あれはコナラかクヌギにちがいない」と推定した。彼は頭の中でしきりに樹木図鑑のページをめくっていた。

汽車の速度は緩慢で、駅がない線路上で何度も停車した。その間、吉岡は双眼鏡を使って風景を観察することができた。褐色の山の斜面にも人の集団の動きがあった。背中に荷を担ぎ、鍬を持っているので、植林の作業に向かう隊列と思われた。

幼木が活着している地帯を観察すると、コナラが主体だった。次に多いのはアカマツ、カラマツ。中にはシラカバと思われる樹肌も見えた。双眼鏡をのぞきながら「あっ、こいつはチョウセンゴヨウだ」と吉岡は思わず声を上げた。

中国人の朱が吉岡の肩を軽く突き、何事かを訴えた。彼はペンを出し、ノートの切れ端に「退耕還林」と書いた。察するに農用地に植林する行為を意味するようであった。中国語でさかんに説明するが、吉岡には意味不明だ。

平林が「どうやら、この人は〝木を植える行為は、中国から北朝鮮への技術指導を反映している〟と主張しているようです」と通訳した。

列車は新安州、定州の駅を過ぎて行く。多くの兵士たちの姿を見たが、銃を持たずに帽子も脱ぎ、運搬作業に従事している。高く積み上げた肥料袋の上に腰かけて談笑する姿もあった。国民総動員で体を使い、公共のために何らかの作業に従事しているのであろう。

宣川駅を越えると平原地帯に入った。人影はまばらであり、往路と同じように、湿地にオオハクチョウの群れが降りていた。

朱が鞄の中から写真帳を取り出し「これを見てくれ」と言う。平林が困惑したような笑い声を上げながら相手をした。水揚げされて出荷を待つ魚類が写っていた。タラの仲間と思われる何種類かであり、ズワイガニとイカが箱にぎっしり詰まった写真もあった。

吉岡が「ほほう」と興味を示すと、朱はさらに別のカタログを取り出した。こんどは加工食品の写真であった。カニの甲羅に魚のすり身が詰められたものや、瓶詰めの松茸などだった。

平林によれば、朱は「朝鮮政府がこれらをどんどん買えと頼んでくる。われわれが彼らの生活を支えている」と力説している。彼の交易会社は海に近い南浦、元山にも出張所を持っており、物産の買い付けにつとめているそうだ。

吉岡が驚いたのは、その支払い方法が中国元ではなく銀の塊であると知らされたことだ。朱は「エイ・ジー、エイ・ジー」と繰り返し、銀の原素記号である「Ａｇ」を指で左の掌に書いた。

朱は新たな写真を取り出して見せた。そこにはくすんだ色の銀の塊が何個も写っていた。

北朝鮮政府は外国紙幣よりも貴金属を蓄えようとしているようである。それを利用して外国から兵器開発の技術を買うのかも知れない。漁民たちはそんな外貨獲得の圧力を受けているのではなかろうか。吉岡は日本海へ駆り立てられる漁民たちの過酷な労働を思った。漂流した末に壊れた木造船の幻影が頭の中に去来した。

九

列車はあの新義州駅に停車した。吉岡は往路で会った車通詞のきびきびした動きを思い返した。

二人組の検査官が吉岡たちのコンパートメントを訪れた。またしても、持ち物を全部出すことを求められた。吉岡のザックの中の松茸酒の二瓶を見た検査官は「平壌名物」に親

しみを込めたような笑い声を立てた。しかし、瓶の底に何かが貼られていないか、裏返してチェックすることを忘れなかった。その仕草は執拗であった。

倉嶋の一眼レフのカメラは入念に検査された。座り込んだ検査官は制服の膝の上にカメラを置き、写真画像のすべてを点検した。データ消去を求められる写真はなかったが、倉嶋は「気分が悪いな」と言って検査官の後ろ姿に舌を出した。

実は吉岡のスマホの中には撮影したデータが何枚も入っていた。しかし、検査官はそこに気づかず、ノーチェックだった。

長い停車の後、ようやく列車が進み始めた。車窓の両側に見える平原には耕作されていない大きな湿地もあるようであった。例のごとく野水仙の広大な群落が始まった。双眼鏡の中に白い花があふれた。銃をかまえた兵士のいる監視塔が花の中に没していた。

国境の鴨緑江が迫っていることが、傾斜した地形から分かった。吉岡は窓ガラスに顔をこすりつけた。車窓越しの野水仙の平原の彼方に、崔と鄭の顔、そして車通訶や若いアクロバターたちの姿が浮かんだ。国と国が角を突き合わせていても、人と人は別である。利害や主張はぶつかり合っても、人間として共感し合えることを忘れたくない。そんなごく当たり前の感想が野水仙の花と一緒に揺れていた。耳の中で鉄橋の音が響き始めた。北朝鮮が遠ざかっていった。

列車内で一泊し、北京経由で羽田空港に着いたのは午後四時過ぎだった。平林は「私たちのパスポートには北朝鮮の入国記録はありません。入管と税関で質問されたら、中国からの帰国だと言ってください。それは決して嘘ではありません。土産物は北京の包装用紙にくるんでありますね。こういうところでつまずかないように。気を引き締めてください」と注意を促した。

北朝鮮からの帰国となれば、いろいろ聞かれる上に持ち物検査も厳しくなることが予想されるという。吉岡は税関の検査職員に対し、「北京からです」と言ってパスポートを提示した。職員は「分かっています。だいぶ寒かったですか」と聞いただけだった。リュックサックの中の所持品を見ようともしなかった。

武田がゲートまで出迎えに来ていた。彼のために松茸酒を一瓶買ってきたのが「正解」だった。

「いろいろとあったんだろうな。大変だったんじゃないか」

「そうでもない。君がいなくて本当に残念だった」

「その済んだ話はもういい。旅行社に文句を言ったところ、前払いした旅費は返ってくるそうだ。君は現地入りして、どんな写真が撮れたのかな？」

「いや、カメラをほとんど出さなかったよ。人物を撮るのは一切禁止だった。将軍様の肖像もダメだと言われた。山と木と家と畑をスマホでひそかに撮った。人の姿も小さく混じっているが……」

「そうだろうな。ま、ビールでも飲みながら、苦労話を聞かせてくれないか」

武田との会話はぎこちなかった。北京で挫折した彼の落胆を考えれば、「おもしろかった」などと冗談にも言えるわけがない。

平林と倉嶋は型通りの挨拶を交わしたが、「疲れたので」と言って吉岡たちのビールには付き合わなかった。彼らはどこかへ寄るのかもしれない。

「お世話になりました。おもしろかったね」と三人は互いに言い合った。現地では不平不満だらけだった倉嶋もにこやかだった。平林は「くれぐれもよろしくね」と言いながら、右手の指を三本立てた。「少なくとも三年間は言いふらさないでくれ」という意味であった。

吉岡と武田はレストランに入り、ビールを頼んだ。

武田はあの後、北京郊外の万里長城の見物でもして中国人観光客の表情を撮影しようと一度は思ったらしい。が、心が晴れずにその気も失せた。そのまま日本に向かう飛行機便をさがして乗り込んだ。成田空港に着き、バスで羽田に戻ったという。いったん甲府市の自宅に帰った後、吉岡を出迎えるために再び上京したのだった。

レストランの大きなガラスの向こうを、キャリーケースを引いた人の列が通り過ぎていく。各所でたびたび世話になった平林も、批判精神が旺盛だった倉嶋もすでに姿が見えなかった。「再会する機会はまず、ないだろうな」と吉岡は思った。

「君たちのチームワークはどうだったの?」

「それは問題なかったね。旅行業の平林氏が中国語を使うので検問の際に助かった。あの倉嶋という男は昔、地方新聞に勤めていただけあって、けっこう朝鮮側の対応に文句をつけていたよ。ハラハラしたけど、何も起こらなかった」

「北朝鮮の政府が派遣したうるさい監視員が付くと言われているが、実際にそうだったのかね」

「監視役なのかも知れないが、ガイド二人の日本語は完ぺきだった。日本には一度も来たことは無いらしい。紳士的で実に礼儀正しかった。さすがに元が儒教の国だっただけのことはある。監視されていたと言えば、やはりそう言う感覚はあった。しかし、がんじがらめ束縛という感じではない。今頃はガイドや旅行社から政府に報告書が提出されているのかもしれない」

「一般市民の活動に対する取り締まりが厳しいんだろ。怖いことはなかったのかね」

「それはあまり感じなかった。旅行者として窮屈なところは多々あったが、ガイド二人と会話した限りでは日本とのビジネス面の交流を強く望んでいるようだった」

「反日教育が徹底していて、日本人を憎んでいるのじゃないのかね」

「それは過去にいろいろあったからな。教育や芸術の効果もある。でも、どうなのかな。基本的には喧嘩はしたくないのじゃないか」

「次から次にミサイルを飛ばしておいて、それはないだろう。隙あれば攻めて来たいと、皆が思っているんじゃないのかね」

武田の頭の中では北朝鮮の攻撃的なイメージが強烈なのだ。一般市民も戦闘意慾を固めているように思い込んでいる。

吉岡が「拉致問題の話も出た。内部調査の努力は尽くした、と言っていた」と話したところ、武田は「そんなことをガイドが自由に話せるはずがないよ。ならず者国家の蛮行を正当化するための宣伝に乗ってはだめだよ」と相手にしない口ぶりだった。吉岡は「乗るわけがないだろ。俺だって許すつもりはない。しかし、先方の言い分を事実として言っただけだ」と反論した
「一般の市民はまともなものを食べているのかね」

「それはどこまでも質素な感じが想像できた。普通の家庭を訪ねた訳ではないが、ガイドの話では魚介類や鳥肉には不自由しないという。しかし、飢饉の時は本当に悲惨だったらしい。」

「連日、冷麺と焼肉ではないのかね」

「それは金持ち向けの豪奢なレストラン。ホテルは西洋風だ」

「都会だけじゃなくて、農村もちゃんと見て来たんだろうな」

「車窓から存分に見た。その風景は落ち着いていた。圃場の整備も進んでいて、機械も入っているようだ。決して豊かではないが、あれだけアヒルやカモがいれば、食事においてたんぱく質も取っていると思う。贅沢さはないが、家族のだんらんが見られた。そういえば、街の高級食堂で見かけた長寿者の祝いの宴会は騒がしくなく、音楽も適度で楽しそうだった」

「そうかな。いいところをわざと見せられたに決まっているよ。首領様への個人崇拝に対して不満がくすぶっているのを監視の力で抑圧しているはずだ」

二杯目のジョッキを注文した。武田がこちらから何を聞き出したいのか、吉岡には十分に分かった。北朝鮮はやはり、変な国でなければならないのだ。住んでいる者はみな圧政の被害者であると武田は思い込んでいる。それが隠された事実なのかもしれないが、今は自分が実際に見聞きしたものを大事にしたいと吉岡は思った。

「人々は家族のことを第一に考えながら、日々を送っている。われわれと同じ悩みを抱える庶民の暮らしがある。国の体制は別にして、人と人は仲良くなれる、と俺は思ったね」

「日本に向かってミサイルを飛ばしていることを、庶民はみんな知らされているのかね」

「誇りにしていたよ。国防が何よりも大切だ、と強く思っている。危機意識は高かった。日本人は自分の命を賭してでも守るべきものを見失っている。それでいいのか、とカツを入れられた」

吉岡は笑い飛ばしながら言ったつもりだが、武田は不快そうな顔をして親友をにらんだ。そして、首を横に振った。

その態度を見て、吉岡はこのような話をしていても仕方ないと思った。自分は数日間の北朝鮮観光をしただけで、政治家と会って来たわけではない。だが、北朝鮮と言えば、圧政に関する情報を聞き出したくなるのは武田ばかりではないのだろう。その先入観と負のイメージは修復しがたいものがある。

――戦前の日本社会を知らないが、それと似た国権主義が北朝鮮でまかり通っていることは想像に難くない。漂流した漁船に乗っていた労働者は、非人道的な為政者の命ずるがままに、外貨の獲得に駆り立てられた犠牲者である、とも考えられる。北京に戻る列車の中で同室になった中国人の水産会社社長、朱の話からもそれは想像できた。しかし、観光客としての自分が心に刻印しなければならないのは、市民レベルの交流を単純に望んでいる隣国の庶民の姿なのではなかろうか。

三杯目のジョッキを干しながら、吉岡はそんなことを考えた。彼の頭の中に野水仙の群落が広がっていた。あの車通詞ともガイド役の崔とも鄭とも、もっとゆっくり話したかった。国家というものは、厄介な代物である。それへの所属なしに生きることはお互いに困難だ。でも、われわれが国家の代弁者である必要はない。

そんな趣旨のことを言うと、武田は「君はちょっと、おかしくなって北朝鮮から帰国したな。早く山形に帰って雪景色の中で頭を冷やした方がいいんじゃないか」と言った。

「何もあの国の体制を認めたわけじゃないよ。ただ、そこで生きている人たちを良く知らずに、敵愾心を抱くのは間違っているんじゃないか。そういう気持ちになったんだな」

と吉岡は再び反論した。

「拉致やミサイルが敵愾心以外のものかね。もう北朝鮮の話はやめにしよう。早いとこ飲んじまおう」と武田が言った。

あとは大学時代の同級生の消息などを話題にして約一時間を過ごした。武田は羽田のホテルに泊まり、明日の早朝にマイカーを飛ばして甲府に帰るという。吉岡は最終の山形新幹線「つばさ159号」に飛び乗るつもりだった。足早に席を立った。

山形駅に着いたのは零時近かった。街に雪はなかった。例年よりもやや遅れているようである。吉岡は闇の彼方に冠雪した雁戸山の姿を想像しながらタクシーに揺られた。「とにかく無事に帰って来たよ」と山の方角に向かって言った。

翌朝、疲れを感じていたが、あえて自分を追い立てることにした。長袖、トレパン姿でジョギングに出かけた。なつかしい雁戸山が双耳峰の頂上から七合目付近まで雪化粧し、いかにも重そうに聳えていた。そして、すぐに雲の中に姿を隠した。今夜あたりから雪が降るのかも知れない。

馬見ヶ崎川はまだ凍ってはいなかった。旧山形営林署の前の堰付近で水流が緩くなる。その溜まり場に、大型の鳥が二羽来ていた。紅葉した木々を映す水の上に浮かんでいる。背に横斑があり、尾の先端が白かった。くちばしの根元も白い。昨年の冬にも見かけて図書館で調べたマガンの特徴だった。吉岡はとっさに〈かりがねの北より来る雁戸山〉の一句を得た。

「北」には自分の旅行者としての思いを込めている。「かりがね」と「雁戸山」ではしつこいと言われるかもしれない。しかし、実際の風景なのだから仕方あるまい。来週行われる公民館の俳句教室に出す五句のうちの一句にしようかと思った。

同年輩の句友たちとのディスカッションが楽しみである。〝座五〟の雁戸山のダブルイメージを批判されたら「あの山の名は、元々は〝がんどう〟、つまり鋸の形から名付けられたのだ」と言ってやろう。吉岡は他愛ない想定問答の場面を頭の中に描き、にやりとした。「日本の自然風景はいい。心が休まる」とつぶやいた。

その日は風呂に入って汗を流した後、夕方まで寝た。夜は「かげろう亭」で深酒をした。ママには松茸酒の残りの一瓶を進呈し、二人で味わった。期待していたほどの香りではなかった。

翌日、図書館の植田司書を訪ねた。弾む気持ちを抑えながら平壌で買ったカード入れを手渡した。彼女は「えっ、これって蛇ですよね」と言って、しばらくは古墳壁画の玄武像の刺繍を見つめていた。そして、躊躇したような小声で「でも、いただきます。お気遣いに感謝します」と言った。

植田司書は「どうだったんですか。怖い目には遭いませんでしたか」と質問したが、吉岡は「怖くはありませんが、随分と窮屈でした」と答えた。彼女は納得したような顔つきで微笑して目を伏せた。仕事のモードに戻ったようであった。

吉岡は、北朝鮮の植林に関する情報検索を依頼した。彼女は「当たってみますね」と答えた。彼は平壌から投函した手紙のことは言わなかった。

数日後、図書館を訪ねると彼のために資料が整えられていた。ＦＡＯ（国際連合食糧農業機関）発行のデータブックによれば、北朝鮮の林地面積は国土の約半分の十万平方キロだという。この中で、人が手を加えて更新する「二次林」の面積は一九九〇年に八万二千平方キロだった。それが二〇一五年には五万平方キロまで激減していた。木々の構成はOak（コナラ類の意）が主要樹種であり、全森林面積の三割までを占めていた。次いでPinus（アカマツ）、Larch（カラマツ）が各一割程度であった。

吉岡はこの数字を見ながら思った。現地ガイドの崔が言ったように、九〇年から四半世紀の間の森林資源の減り具合は尋常ではなかったのだ。それはエネルギー不足を補うために燃料として伐られたのに相違ない。おそらく、森林資源への圧力が高まったことだろう。この影響で土砂崩れなどが頻発したにちがいない。為政者が国民運動としての植林に踏み切らざるを得なかったこともうなづける。彼は平壌号の窓から見た、長靴を履いて木を植える人々の姿を思い返していた。

その一カ月後、吉岡はさらに思い立ち、自力で朝鮮半島の森林の状況を詳しく調べようとした。図書館のネット検索でも、どういうわけか二〇一五年以降の北朝鮮の森林蓄積の推移状況や、国を挙げての植林運動の成果に関する報告文はどこにも見当たらなかった。平壌で投函した郵便物は誰のところにも届かなかった。

（了）

飛入壺中

前所漫畫刀術別伝

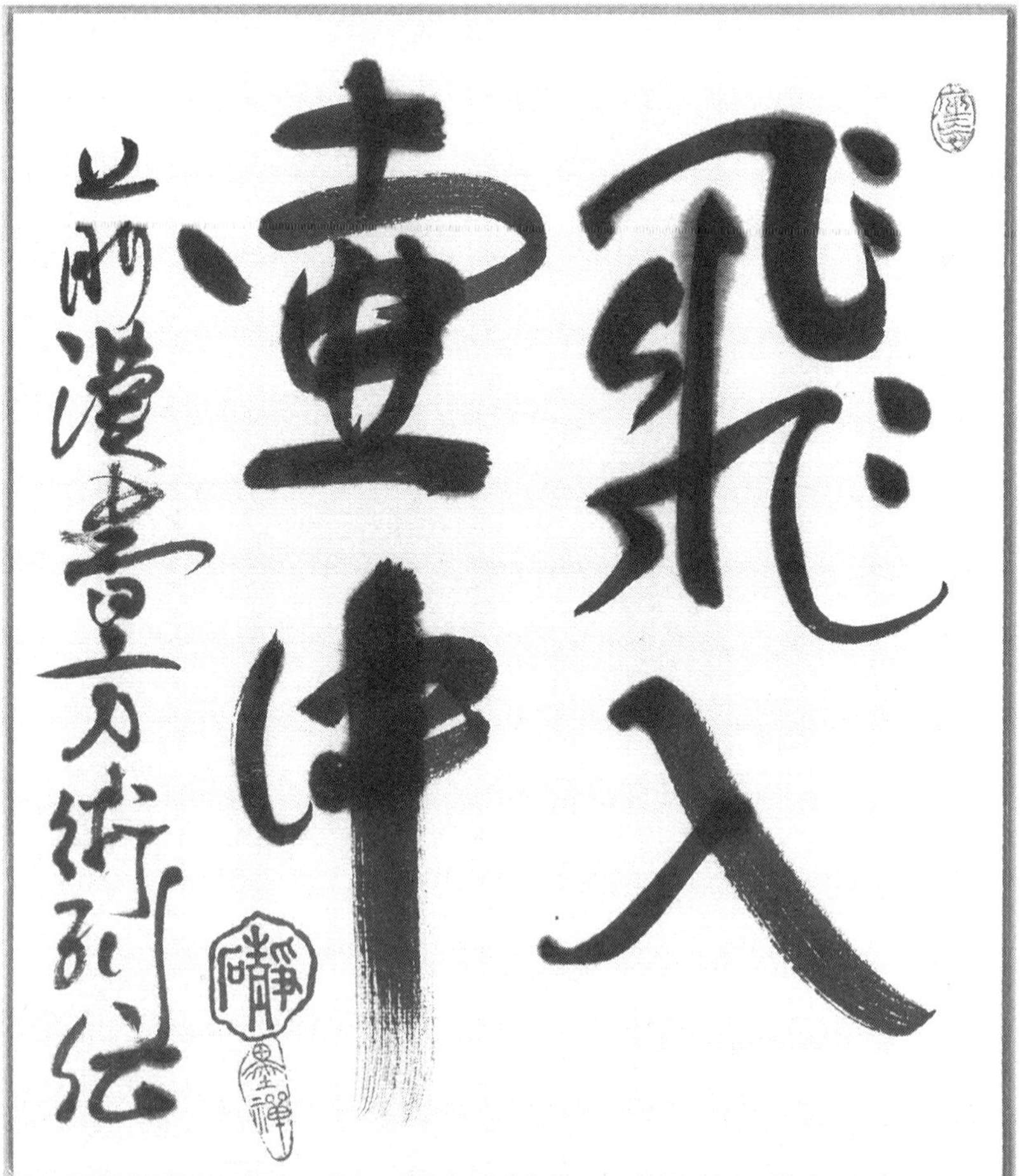

揮毫・石塚静夫

故森澄雄先生に捧ぐ

椿飛ぶ天地

一

路上に腰をかがめ、椿の落花を拾い集めていた。人や車に踏まれ、花弁がちぎれたものもある。その形の違いが実に興味深い。大陸から飛来する風塵が三月初旬の武蔵野の空を濁らせていた。

うずくまりながら〈つちふるやウイグル族の苦の便り〉、続けて〈草原の情歌かなしき黄砂かな〉の句を得た。七十一歳になる緒又直一郎は公民館の俳句教室に通っている。アスファルトの上でつぶれた椿の花を見つめ、もう一句を作りたいところだが、口の中で〈椿落つ……〉と言ったまま、続く言葉が浮かんでこなかった。

「よく精が出ますね。ごくろうさまですね」

「いや、単に暇なものですから……」

「風流じゃないですか」

「とても、そんな境地ではありませんよ」

「椿の花はどうして皆、こうも紅い色なのかしら」

「そういう種類なのだと思います。よく見ると花びらの奥に白い筋が入ったものもあります」

「それはよかった、よかった」

声をかけて来たのは隣家の永野さんである。薄茶色のチューリップ型の帽子の脇から長い白髪がのぞき、三寒四温の風にそよいでいる。化粧のない顔の色は青白い。彼女は五メートルほど先の市道に転がる椿の花を見つめ、感心したような顔付きをした。そして、かすかなため息をついた。

「椿の花って、自分で転がって行くのでしょうか?」

「そう言われれば……。おとなしく道の上に寝ていないものもありますね」

「落ちた後もきれいですわ」

「ま、そうですね」

「風流じゃないですか。よかった。よかった」

これが八十九歳の婦人の口癖である。体を左右に揺らしながら空を見上げ、目をしょぼつかせている。その視界に広がる憂愁のヴェールは大陸の少数民族の怨嗟かもしれぬ。

彼女が二度使った「風流」の語に、直一郎は友を得たような気がした。その語について考えを巡らせていたところであった。思案の成果を披露してみたい気持ちも少しあったが、会話にはならない。永野さんは「よかった。よかった」と念仏の如くつぶやきながら、ゆるやかな坂道を上がっていく。両手を腰に当てた後ろ姿に風流の余韻が漂っていた。

直一郎は独立行政法人の役員を七年前に退職した。その当初、何をして日々を過ごしていいのか分からなかった。十歳ほど年下の細君がその様子を懸念した。彼女は市の公報誌を見まわし、公民館を拠点とする男声合唱団と俳句教室を見つけ、夫の背を押した。

「このままじゃ呆けちゃいますよ。少しは頭の体操をしたらどうですか」

直一郎は抗わなかった。自分でも気晴らしが必要だと思っていた矢先であったのだ。その合唱団には約四十人が所属し、彼はバリトンのパートに配された。音階が取れずにハーモニーを乱すことがあり、「周りの人に悪いな」と思う。が、見回せば他にもそのような者はいる。若い指揮者は「自分のパートの音階が分からなくなったら、メロディを歌ってください」と言ってくれるので、ありがたかった。

俳句教室の方は勝手気ままの連中ぞろいだ。それぞれの発言に一種の気負いがあり、中学校のホームルームのように賑やかだった。天候や動植物の知識を増やすことができたので、彼は何やら得をした気分になった。ただし、サラリーマン時代には考えたこともなかった命題を突き付けられ、時に頭が混乱する。例えば「風流とは何か」であった。

その教室ではいつも兼題と席題によって計十句を提出する。それを交互に選び、批評し合う。「季語が効いている」とか「俳諧味がある」とか、そういう訳の分からぬ常套句が飛び交う。これに合わせて「風流」の一語がよく用いられるのだった。

直一郎はこの「風流」について自問自答した。できれば定年後の自分の日常生活の目標にしたいと思った。辞書を引けば、風流は単に「趣多いこと」とある。それでは行動の指針にならない。彼はにわか俳人たる頭をひねって「煩わしき世間との距離感を保つ手法である」と考えてみた。だが、それは風流の効能の説明であって基本概念の説明になっていない。そこで「俗世を離れて自然と戯れる行為」と定義してみた。すると、ねじ曲がった松の盆栽の手入れも、朝顔の植木鉢の水やりも、俳句作りの唸り声もその範疇に収まるように思えた。

――〝脱俗〟の意図さえあれば、どんな行為でも良いのではないか。いくら小人閑居の愚考であっても、風流はこれを否定しない。つまるところ、それは自己満足の極みであろうか。

その語感には特異な味がある。「風流」の単語一つが躍っていれば、とりとめのない会話にも俳諧味が漂う。恍惚の老女の呟きにも味が出る。まことに不思議な包容力を持つ単語であった。

「最近、お友達の名前をよく忘れますよね」

「ああ、口の中までは出てきているが、言葉にならないことがある」

「五人の孫の名前も呼び違えることがありますよね」

「ん～む、かわいいと思う感情は否定しないが、どうも個々の人格として決定的な存在感に欠ける」

「先週、テニスコートに行くのに、ラケットを置いて行きましたよね」

「それは君、一種の名人の境地というものだろう」

「すなおに自分の脳の萎縮を認めたらどうですか」

「……」

「風流」の語感に比べると、細君との会話は何とも味気ない。職業と収入を失った配偶者の姿ほど頼りないものはないのであろう。「指導」と称しては悪態をつく。だが、細君の支援なくして彼の老後は成り立たない。生活費の管理から体験農園の授業、病院通いの日程までハンドリングされている。

そこへ行くと公民館の俳句教室の自由な雰囲気はまことにありがたい。ここでは自分らしい老境というものを遠慮なく主張できる。詩とか芸術とか「風流」の単語が使われると、自分も何だか文人の端くれになったような気になる。

しかし、当初は脳の萎縮を防ぐトレーニングのつもりだったのに、好評を得る句を作りたいと思った途端、様相が変わってきた。単純明快であるはずの一行詩づくりは意外な歯ごたえをもたらした。席題の季語を前に呻吟する胸の内は「苦行」にも似る。「これも風流志願のプロセス」と考えれば楽しいはずなのだが、新たなストレスの源にもなった。

講師は毛利兎男《うさお》という人で、直一郎よりも十歳以上も齢下である。俳人として一定の名声があるというが、市販の歳時記にはその名を見ない。隔月発行の俳誌「針葉」の主宰者であり、当然のように直一郎もその購読者になった。毎月五句を同誌に投句し、主宰選の二句あるいは三句が誌上に掲載される。その添削の跡を見て、彼は一喜一憂するのだった。

俳句教室に通う男女は六十歳以上の者ばかりである。講義を鵜呑みにし、歯ぎしりしながら句づくりに挑む。歳時記を模倣することが、やがてオリジナルな表現につながると信じて励む。

「初心者は大いに悩むべし。詩を作ろうとすることが、そのまま風流であり、苦しむこともまた芸術の導入部なのです」

兎男先生はこんなことを言っては澄ましている。その講釈は高邁過ぎてピンとこないことが多い。先生によれば、風流とは「泥土のごとき現世への執着から解放された状態」であるという。この世にある競争ほど面倒くさいものはない。人を蹴落とせば自分が傷つく。富を得ようとすれば心が貪する。そんな愚かな世事の連環を脱して造化の中に詩を見出そうとする時、胸中に風流が生じるのだそうである。

直一郎はこの説明を聞き、かすかに納得する思いになった。

二

昨年の春、こんなことがあった。

手持ち無沙汰を庭の樹木の観察でまぎらわせていた時、低い塀を越えて市道にこぼれ落ちる椿の花が目についた。つぶされて路面にへばり付き、どちらかと言えば見苦しい。

「どうせ暇なんでしょ。たまには道の掃除でもしたらどうですか。いつもお隣で掃いてくれていますよ」

細君にせっつかれた直一郎は、しぶしぶ落花を拾い集めることにした。ついでに馴れない手つきで竹箒を操った。そこへ近隣に住む五歳ぐらいの女の子が近寄ってきた。

「だれがこんなに散らかしたの。ママにおこられるよ」

幼女は首をかしげてつぶやいた。彼はとっさに「風さんがね、気まぐれでね……」と言ったが、それ以上の説明の言葉に詰まってしまった。

「自然現象」という単語が口を突いて出ようとしたのだが、ヘンなことは教えられない。地球の引力のことを言わねばならないのだろうが、「花の落ちる」現象の説明は物理学の知識に乏しい彼の手に負えない。女の子は「ふ〜ん」というような表情を作り、鞠を抱きながら去った。彼はしばし路上の赤い花を見つめていた。

そのうちに「おもしろいな」と思ったのである。椿は人の首が落ちるように散ると言われるが、なるほど花の形はそのまま残る。落花の大半が仰向けの姿勢である。黄色い雄蕊を空に見せつけるような格好で地面に横たわる。花びらの付け根、つまり蕚部の方が花びらよりも重いので、仰向けに落ちるのだろうか。それは地球の引力を考えれば当然の現象なのかもしれない。稀にではあるが、鉢を伏せたような形でうつ伏せに転がっているものもある。〝風さんの気まぐれ〟はあながち、間違った説明でもなかったのかもしれない。

そんなくだらぬことを考えながら、日記にダジャレを書いた。

——落ちむとする椿に春風が囁く。「椿君、君は上と下、どっちを向いて死にたいの？」

――不機嫌そうに答える椿。「うるさいな。上か下かじゃ当り前。俳諧趣味は横を向く」

このようなとりとめのない話を、大学の同窓会の十五歳ほど年長の先輩に披歴した。登山のベテランであり、俳人としても名の通った方である先輩は「へえ〜、君は面白いことに気づいたじゃないか。夏目漱石の俳句にね、〈落ちざまに虻を伏せたる椿かな〉というのがあるんだよ。歳時記にも出ているんじゃないかな」と教えてくれた。

漱石の名を聞いて親しみが湧いた。青年期のファッション気分で、あらかた読んだ記憶がある。が、全集に収められた漢詩や俳句については、ちらりと見ただけで理解が及ばないと思い、素通りであった。

直一郎は先輩の教示に従って、持っている角川版の俳句歳時記を開いた。しかし、「落ち椿」の項にくだんの漱石の句は載っていない。少々めんどうくさかったが、二階の屋根裏の書庫で埃をかぶっている漱石全集の第十四巻（岩波書店、昭和十一年）を引っぱり出した。

漱石の俳句は約二千五百余り残っている。落ちざま椿の句は英国留学前の明治三十年の作であり、虻の字は「蝱」となっていた。また、末尾の「かな」は「哉」の字があてられていた。漱石が妻を得て熊本城の近くに新居を構えていた頃の俳句である。その一つ前には有名な〈ふるひ寄せて白魚崩れん許りなり〉が載っていた。

漱石を俳人として鍛錬し、世に送り出したのは正岡子規にほかならない。子規が蕪村を礼賛して絵画的な写生の境地を追求したのに対し、漱石は南画、漢詩、江戸俳諧の空気を巧みに取り入れ、独自の句境を開いた。松山中学の教員時代の夏目金之助は「愚陀仏」の俳号をよく使ったが、五高に奉職してからは「漱石」で通した。

ここまで調べてから、例の先輩に再び電話をかけた。「この落ち椿の俳句は漱石が見た実景なのでしょうか。こんなことが起こると思いますか」と質問した。先輩は「この時代の漱石は古典の発句の景を遠慮なく借用したらしい。くだんの椿の句も松尾芭蕉の〈落ちざまに水こぼしけり花椿〉を下敷きにしたと考えられる。作者の風流は落ちた椿の形と強く結ばれている。それこそ『草枕』の主人公の気分だと思うよ」と教えてくれた。

先輩はその後まもなく脳梗塞で入院し、言葉を失った。翌年、直一郎はその教えを胸にしまい込みながら。明確な意図をもって椿の花を拾い集めることにした。「風流」の実践と大いに関係すると思うのだった。

自宅の庭の片隅に生える椿の木は高さが三メートルほどの低木だ。巻き尺で計ると、幹回りは太いところで三十三センチある。幹分かれの部分は四十五センチぐらいに膨らんでいる。

その落花の第一号は二月一日に発生した。それ以来、二カ月以上もポトリ、ポトリと深紅の花を落とし続ける。赤い花が一個も落ちないという日はまずない。いっぺんに大量に落ちるということもない。それは自分自身の魂の未練を味わうかのようであり、長寿を得た樹木の老獪さが匂い立っていた。

一個の花びらの数は三十枚前後である。どうやらヤブツバキとユキツバキの交雑種であるらしい。これは市の高齢者事業団から派遣された植木屋から聞いた話であった。「日本が原産地で世界的に有名になった花なのですよ」と自慢するような顔つきで話すのがおかしかった。

木造二階建ての四十坪ほどの家屋は緩い坂道の半ばに建つ。横書きで「緒又」と彫り込んだ表札に、四十年余のサラリーマン生活の悲哀がこもる。それが太い紐で無造作にぶら下がり、生ぬるい春の風に揺れていた。

元は大工の棟梁だった人が自分の隠居所として建てた家である。四人家族で公団住宅から転居してきた頃は、周囲にのどかな梅林や大根の畑が広がっており、「さすがは武蔵野」

と思ったものだ。しかし、宅地並み課税の恐怖に駆られた農家のそろばん勘定が、雑木林も畑もあっという間に減らしてしまった。ローンを返済しながら男児二人を育てたことも今や昔話である。

五指に余るほどの樹木と花卉類がいまや直一郎の風流の拠り所であり、彼は〝木に咲く花〟を楽しみにしていた。金木犀が散ってしばらくすると椿が一つか二つ咲き、やがて白い梅が咲き、たくさんの椿、木蓮、海棠、夏蜜柑と続く。椿の花期は一月から四月までと長かった。

不要不急の外出を控えるべし——。それが都知事から高齢者への要請であった。新型コロナウイルスのワクチンの効能を懸念するうちに、雛祭も啓蟄も過ぎていった。この間、落ちた椿を拾うことが直一郎のノルマになった。

——落ちざまに虻を伏せたとなると、これは萼を離脱した付け根部が上向きの状態ということになる。つまり、落ちた椿の花は逆さ向きに着地したのだ。果たして虻を捕らえられることができるのか。閉じ込められた虻はいかにして脱出するのか。

実際にそのような場面には出くわすことはない。だが、彼は「観察を続ければ、やがて報われるはずだ」と自分に言いきかせた。落花を拾いながら、「風流とは何か」についてしきりに考えた。

――それはアンチ俗世の概念であり、少なくとも金儲けの方法ではない。たまに風流を売り物にして稼ぐ者もいるようだが、その辺は気にするほどのことでもない。

俳句教室の兎男先生は繰り返し「風流は俳句を志す者の原点である」と説く。ある時、「東洋の文人の究極の理想は〝壺中の天地〟である」と講義してくれた。

これが俳句づくりの秘訣であり、風流とも深くかかわる哲理らしい。誰からも侵されない自分本位の小宇宙。そこに充溢する自由な精神。「その世界に通じる道標となるのが風流の心である」という説明であった。だが、「壺中の天地」に至るには「果敢な命がけの追及が必要だ」という注文も付く。五・七・五のリズムはその追及の過程にあるらしいのだが、直一郎には〝命がけ〟の意味がどうしてもわからなかった。

兎男氏は卯年生まれだ。商家の出身でもないのに、サラリーマンの経験がない。若い時は画家になるために油絵の修行をしたらしい。父親が作った俳句結社の運営を手伝ううちに、それが職業になり、百歳近くまで生きた偉大な俳人の父の亡き後、門人たちから世襲の二代目にかつがれた。

「急きょ、俳人の仲間入りをしてしまったので……」と、兎男先生はいつも弁解するような口調で言う。しかし、直一郎の見るところ、兎男氏は「天性の脱俗の人」の典型である。世間の闘争を知らぬような顔をしており、花鳥風月と共に生きている。風流の概念をそのまま粘土で固めて人の形にしたようなものだ。

「サラリーマン根性から抜け出さなければ、良い俳句はできないよ。そのためには、徹底した自然観察の努力が必要だ。とにかく、俳句は写生が肝心……」

このように指導されると、直一郎はグウの音も出ない。〝サラリーマン根性〟とは俗世のしがらみの象徴なのだろうが、彼が懸命にすがって生きてきた温床である。己の人格の防御ラインでもある。「これを脱却せよ」と師は言うが、それは藍染の布を白生地に戻すように困難なことに思える。

三

コロナウイルスの流行が下火となり、俳句教室が再開された。一年半ぶりに講話する兎男先生はいつもながらに「写生が大切」と説く。それが「良い句を生む前提」であり、「俗と非俗の分岐点」であり、「風流を志す者の基本姿勢」なのだそうである。

相変わらず悩ましい。〝良い句〟の基準自体が判然としないところに「写生が肝心」と来る。要するに対象を〝見つめる〟ことが後生大事なら、月でも花でも、爺さん婆さんのしわくちゃ顔でも、電車の向かいの席にいる脚線美でも、みな写生の対象ということになるのであろうか。

直一郎が持参した雑詠二句は駄目だった。先生の評はなかなか手厳しい。黄砂とウイグルの組み合わせは「ありふれて」いるし、草原情歌の句は「着想が俗っぽい。〝かなし〟は安易な表現であり、詩的工夫が見られない」と、こき下ろされた。がっくりであった。

俳句を趣味にする人は世の中に三百五十万人ほどいるらしい。その一人である自覚のもと、彼は「凝視して何かを感じようとするのなら、そんなに難しいことではない。その過程から風流が見えてくると信じるしかない」と思うのであった。

「芒種」とか「穀雨」とか言っては季節の推移に目を凝らす。身の回りに惹起する花鳥風月を追いかける。が、肝心の言葉が自由にならない。「何とかこの状態を越えれば……」といつも念じている。あとは旅情が身につくように風流が自分をとらえてくれるはずなのだが……。

この日、兎男先生はホワイトボードに「逢花打花」という四文字を書き、「ここに俗世間から離脱した文人の心が横溢している」と説明した。どうやら禅林の語句らしい。美しい花に出会ったら、その美の本質に迫るぐらいに打ち込んで観察せよ——という意味という。

その単純な四文字が直一郎の胸に沁み込み、幻惑するような響きを放った。同時に彼は漱石の例の俳句〈落ちざまに虻を伏せたる椿哉〉を思い出した。俳人ならではの行き届いた自然観察の成果がここにあるのだろう。「壺中の天地」に通じる風流の道筋が見えてくるようであった。そんな錯覚と共に刮目する思いになった。

「よし、この逢花打花の語句をいただき、自分のモットーにしよう」と、彼は近所の市立図書館に駆け込んで何冊かの禅語集に当たった。ようやく件の語句を見つけた時、緑内障の目の疲れも忘れて飛び上がる思いだった。

その「逢花打花」は「逢月打月」と対を成す警句であった。花に逢えば、花を打つべし。月に合えば、月を打つべし――と彼は読み、「してやったり」の気分であった。その哲理に従って〈落ちざまに虻を伏せたる椿哉〉の句を吟味することにした。

この作者は椿の花を打ち込むほどに観察し、一瞬の造化の機微を発見したのだろう。実景の中に風流が躍動し、オリジナルな詩が得られた一瞬である。これが写生というものであろう。彼はその一句を繰り返し呟きながら、椿の花を拾う行為に打ち込んだ。

「椿」は木偏に春の会意文字である。では、春を代表する花かと言えば、実際には冬の寒さの中で咲き始める。北海道には自生しないというが、それは南の国から伝来した樹木だからに違いない。植木屋の言うことは果たして本当なのだろうか。直一郎は椿とは何であるかについて、自分のささやかな疑問に答えようとした。

図書館の「園芸」という書架に、椿に関する書籍が十冊ほど並んでいた。彼は長身を折り曲げ、一番下の段から大判の一冊を引き出した。原種は山に咲く五弁のツバキ、またはユキツバキであると書かれていた。交配と改良を重ねた結果、一般的に知られる品種だけでも約二百とか。「接ぎ木によって作られた変種は二千から三千」とされ、人間社会との古い付き合いが花の持つ遺伝子の中に蔵されている。

野生の〝ツバキ〟の分布の主力は関東以西と日本海側の暖流の影響を受ける地域である。韓国の南部にも自生木が見られる。このゾーンは「照葉樹林帯」と呼ばれ、文化にも共通するものがあるらしい。

ツバキはサクラと共に日本の園芸が世界に贈った園芸植物であり、植木屋の言ったことは事実だった。桜の交配種が約四百なのに比べて椿の方がはるかに多いのは、庭木としての耐久性や栽培の安易さにあるようだ。江戸時代、武家や商人の間で椿を植栽する大ブームが起き、今も椿屋敷として名を遺す庭が各地に残っている。

カラー図鑑が紹介する代表的な品種には「侘助」「玉露」「太郎冠者」などと大仰な名が付いていた。その命名が持つ雰囲気から、「椿の栽培の歩みは茶道の発展と関連があるのではないか」と、彼は漠然と思った。

椿の栽培ブームは戦後の高度成長期に再び高まった。流行の発端は米国で、一九五〇年代にモータリゼーションが急速に進んだことが関係する。フロリダやカリフォルニアなどで庭木に椿が採用されてブームを呼び、それがヨーロッパに伝播して、やがて〝本家〟である日本へも押し寄せた。世間の花に寄せる美意識の変化が経済情勢の所産であることを示す事例だろう。

椿は木質の硬さゆえに、古代から材として珍重された。『日本書紀』の景行天皇が豊後国で土蜘蛛を討伐した際に用いた武器は「海石榴（ツバキ）の木槌」だった。この伝承に興味を覚えた直一郎は検索サービスの女性司書の助けを借り、漢文で書かれた原典に当たった。

木刀の素材ではカシ、イス、ビワが知られるが、ツバキ材もけっこういけるのかもしれない。彼は「さぞや美しい肌の木刀になることだろう」と想像して妙に感心し、一つ得をしたような気持ちになった。

図書館から帰宅すると、細君がホースを使って庭に水を撒いていた。自分で植えたチューリップや格子柵にからませた薔薇の花に歓声を上げている。しかし、亭主の興味はそこにない。塀を越えて道路に落ちる椿の花こそ問題意識の対象である。直一郎は物憂そうな表情をわざと作りながら、ふたたび八重の椿の落花と対峙した。

生きた虻を捕らえることができるのか。逆さ向きに着地する花自体が少ないのではないか。せめてその出現の可能性の確率を見きわめたい。彼は拾い集めた椿の落花を「表」「裏」「横」の三種に分け、その個数をノートに書きつけていった。その後は心ばかりの堆肥とするために、庭の一角に積み上げた。

「どうせ全ての花が落ちるのだ。百個まで早く落としてしまえ」

椿の木に向かって何度もそう言った。サンプルが百個そろわなければ、百分率の表記が出来ないと思い込んでいた。統計処理の最尤法を知らないのは、〝にわか俳人〟の風流の気の毒な点かも知れぬ。細君の投げつける言葉が日ごとに刺々しくなる。

「何なのよ。あなたは自己満足で済むかもしれませんが、客観的に見て、気味が悪い行動です。近隣の迷惑そのものですよ」

細君は「ついに来たか」という思いを強くしたらしい。サラリーマンの下積み生活が長かった夫の退職後、これまでの鬱屈への反動が現れることを、かねてから懸念していた。

直一郎は「奇行こそ詩の発見の母である。君にはこの意味は分かるまい」と啖呵を切りたかった。が、倍返しとなる逆襲を恐れ、その言葉を呑み込んだ。

細君が仕事に出かけると、彼が「風流」に耽溺する時間が訪れる。落花のデータの蓄積は八十個を超え、目標まであと少しに迫っていた。この時、直一郎はおよそ五十年前の学生時代の春休みに、京都市の北西の禅寺を訪れたことを思い出した。中学高校の同級生で北大の農学部に進んだ松岡重之と共に「古寺巡礼ガイドブック」を片手に歩いた日のことであった。

それは室町幕府の歴代将軍の坐像を蔵することで知られている寺だった。木造の瀟洒な本堂前で拝観料を払って中に入ると、心字の池を取り囲んで紅白の椿が密集して咲いていた。

「落ちた椿の花は、人の首が転がる姿だと言われるぜ」

「見たことないくせに、よく言うじゃないか」

「それはそうだが、いま観察したところ、スパッと切ったような落ち方じゃないか」

「おのれの重力に引っ張られ、静かに落ちただけだろう」

「とは言っても、その一個ずつが此の世に生きた個性であり、果たせなかった思いを表しているように見える」

「よせよ、赤い椿の花弁が血の色に見えてくる」

脳裏に観光ガイドの解説の言葉が残っていた。幕末の勤王の志士たちが悪ふざけし、この寺が所蔵する歴代の足利将軍の像の首を切り落とし、鴨川の河原に晒したと言う。政治学専攻だった直一郎は幕末京都の政変に興味があり、血の気の多い志士らのエピソードは興味深かった。その舞台の片隅を彩った紅の椿の花が妙に存在感を漂わせていた。

その五十年後、隠居暮らしとなった自分が椿の落花の転がり方に拘っている。しかも、風流とは何かを問うている。そのことに隔世の感がある。これを旧友が聞いたら、さぞや面白がることだろう。

四

緒又家の椿の花は小ぶりである。京都の禅寺の椿のように華麗ではない。庭の草の上、

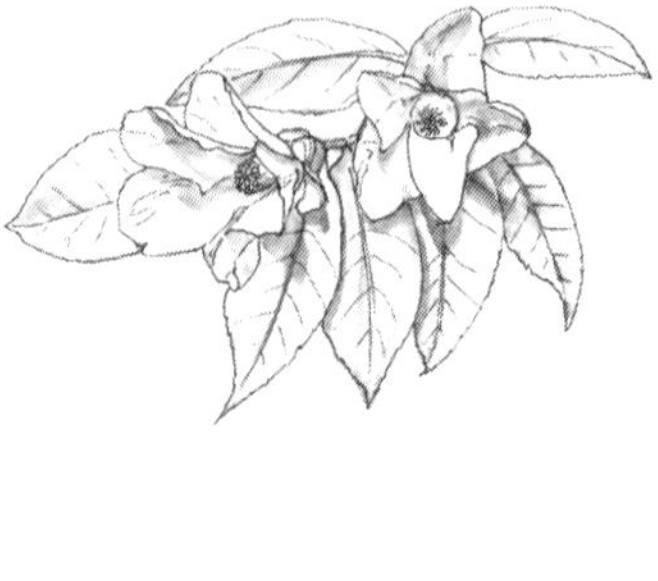

柵向こうの一段低い生活道、さらには塀を越えて緩い坂道の市道……。落ちる場所がどこになるかが、花が静止する形に影響を与えるようである。

陋屋は盛り土をしており、塀沿いの市道は緩く傾いて北へ延びている。このため、椿の花が落ちる際に、木の根元と路面の最下部では垂直距離にして最大で一メートルほどの差が生じる。落下する距離が長くなるほどに椿の花は仰向けになる傾向があった。地面に着いた後に風や振動で位置や姿勢が変わる。

「もう、いい加減にしたらどうですか。変な噂が広まっていますよ」

「風流を解する者にしか、この実験の意味は理解できまい」

「風流ではなく狂気が漂っていますけど……」

「もう少しの辛抱だ」

彼は蚊の鳴くような小声で切り返す。細君の非難に対抗して自分を励ます時、古い友の顔を思い浮かべた。

松岡は卒業後も札幌に住み続け、農業団体の役員を退いたあとは直一郎と同じ頃に俳句を始めた。もっか一眼レフの撮影に凝っている。時々、得意の写真に下手な句を付けて電子メールで送ってくる。

直一郎は落ちた椿の九十八個分のデータを分類した。仰向けが六十五個。横向きが二十四個。うつ伏せが九個であった。記念すべき百個への到達を前に、松岡に電話することにした。もちろん、自分の〝奇行〟への支持を得たい一心からだったが、意外なことに親友の反応は冷淡だった。

「赤い椿の花だろ。つくりが派手だよな。ファインダーを通して見ても、常に妙なインパクトがある。でも、なにやら不吉だぜ。被写体として好かないな。カメラ仲間の多くもそう言っている」

直一郎が「妖艶で美しいじゃないか」と反論すると、松岡は「あれは人間の妄執を連想させるような花だよ」と気障な台詞を付け加え、「俺は椿の写真は撮らないことにしている」と決然たる口ぶりで言った。

よく話を聞けば、野生の椿の北限は津軽半島なのである。北海道の自然の中では咲かないことを松岡も承知していた。自生の椿を撮影できないために負け惜しみを言っているのかもしれない。直一郎は椿の花の〝不吉〟説に納得する気はない。

「漱石の落ちざま椿の句を君は知っているかな。自然界に注がれた独自の視点から生まれたものだよ。椿には風流を引き出す力がある、と僕は思うのだが……」

「虻を捕える椿の句だろ。知っているさ。九州の熊本で詠んだ句だ。阿蘇を舞台にした小説『草枕』の気分に通じていると言われている。あれは〝非人情〟をテーマにした小説だが、椿の花は風流と対抗するような場面で出てくるんじゃないかな」

直一郎は「これは抜かれた」と思った。松岡の方が俳句の勉強で一歩も二歩もリードしているようである。そこで、とぼけることにした。

「そうだったかな。小説の細部は忘れている。〝智に働けば角が立つ〟だろ」

「君も高校生の時には漱石ファンだったじゃないか。俺もそうだった。今でもたまに読み返すが、『草枕』に登場する椿の花はどっぷりと俗世に浸っていると思うね」

「人間的な雰囲気があるからこそ、風流への近道が見えて来る花なのではなかろうか。自分の家の庭の椿をじっと見ていると、そういう気になるね。北海道では自生しないから、君はそこまで観察できないだろうけど……」

「そういう皮肉を言うなら、風流を実践した一句を君自らが作ってみたらどうかね」

「まあね。いま、その一句の誕生の過程を楽しんでいるところだ」

「負け惜しみに聞こえるぜ。〈落ちざまに一句を得たり老椿〉なんて、どうかね。まあ、がんばって奇特な実験に取り組んでくれ」

漱石は椿の花を本当に好んだのだろうか？　好まなければ、虻が閉じ込められる姿まで、わざわざ見届けることはないだろう。〝情に棹させば流される〟と考えた主人公が椿に抱いた想念の中身を検討せざるを得なくなった。

彼は津田清楓が装丁した創藝社版（昭和三十一年刊）の漱石全集第一巻を取り出し、三段組の小さな活字の『草枕』の頁をめくった。案の定、すぐに目がつらくなった。そこで書庫をさぐり、『鶉籠』（明治四十年、春陽堂）の復刻本（日本近代文学館刊）を探し出した。その三作目に載っている『草枕』の大きな字によってようやく安堵する思いになった。

青年の頃に読んだ時とはまるで異なる印象を受けた。紀行体の中に俳句を散りばめる不思議な小説である。引用される英語の詩はわかりにくい。白隠の「遠良天釜」など禅書の意味も不明だ。自己主張する女性との出会いはあるものの、筋立てが明瞭でない。西洋文明をモデルとして突き進む明治日本の在り方を風刺していることだけは分かる。

直一郎は『草枕』の中の椿の花に関する記述の部分に青鉛筆で線を引いた。それは主人公の画工である「余」の美意識の断片である。

――あの花の色はただの赤ではない。眼をさますほどの派手やかさの奥に、言うに言われぬ沈んだ調子……云々。

――（椿の花を）ただ一眼見たが最後。見た人は彼女の魅力から金輪際、免るることは出来ない。屠られる囚人の血がおのずから人の眼を惹いて、おのずから人の心を不快にするごとく……。

椿の花の赤色を評するのに、「屠られる囚人の血」まで言い及んでいる。ここに出てくる椿の花は魔性の女の魅力、そして死のイメージすら持っている。

漱石がこれを書いたのは『吾輩は猫である』を校了した明治三十九年夏ごろだ。ある解説文によれば「『新小説』九月号に載ったが、同号は三日間で売り切れたほどの人気」を得た。好評を受けて漱石は「美しい感じが読者の頭に残りさえすればよい。それ以外に何も特別な目的があるのではない」と、人を喰ったようなコメントを出したという。

「芭蕉と云ふ男」についての記述もある。この茫洋とした作品はなぜ、当時の人々にもてはやされたのだろうか。東西の審美論から禅の哲学まで、俳文調で展開される博識と〝非人情〟がユニークだったからだろうか。しかし、作者が礼賛する東洋の文化の理想は結局のところ朧気のままである。

彼は路にうずくまり、そんなことを考えていた。細君は爆発寸前であるが、自分としては〝奇行〟に居直るほかはない。脱俗の人たらんとする切ない気持ちを込めながら、〈風流の一かけらなり落ち椿〉と手帳に記した。

九十九個目、そして百個目も仰向けの「表」だった。目標に辿りついた彼は一仕事を成し遂げたような気分であった。さらに五個ほどの椿が柔らかい春の日差しを浴びる路面に転がっていたが、うつ伏せの「裏」は一つも見当たらない。

「あら、お隣のご主人さまですよね。ずいぶんお久しぶりですね。ずっとお元気でしたか」

「いや、よくここでお目にかかります。目障りで申し訳ありません」

「暖かくなりましたからね。もうすぐ桜も咲きますよ」

「そうですね。僕はいま、桜より椿のことで頭がいっぱいなのです」

「それはよかった、よかった」

永野さんは相変わらずに恍惚の世界から語りかけてくる。椿の落花の一つを取り上げて、その花びらを「ひい、ふう、みい、よお」と数え始めた。まさに風流の人である。

亡夫は高級紳士服の専門職人だった。自宅の一室を職場にしていたが、近所づきあいは礼儀正しく、どこか豪快な感じがした。ちょうど二十年前に脳溢血で倒れて仕事を取らなくなり、その五年後に永野さんは未亡人になった。いま、独身の一人息子と二人で暮らしている。

三年ほど前から永野さんの様子が急におかしくなった。往来の車を避けずに、ふらふらと歩く。時にはじっと空を見つめている。近隣の要注意人物になった。

「故郷の諏訪から弟が来るような気がする」と言っては三、四時間も自宅の前で立っている。夕方になると「おにいちゃんが帰って来た」と言いながら、三十メートルほど離れた駐車場と自宅との間を何度も行ったり来たりして息子の姿を探す。やがて鉄道の駅の向こうまで徘徊して帰り道が分からなくなり、パトカーで送られてくるようになった。

息子は市役所の福祉の窓口に相談に行った。そして、自分が仕事に出ている間、母親をデイケア・ホームに通わせることにした。朝と夕方、その送迎車が「オーライ、オーライ」の明るい声を発しながら、後ろ向きの運転で直一郎の家の門前を通り、隣の永野邸の前で停まる。しかし、ホームの迎えが来ない日、彼女は恍惚の足取りで外出する。花を訪ねて気が済むまで歩き、「此処は何処なのかしら」と言ってはパトカーのお世話になるのだった。

道路を挟んで向かいの無人の家の戸袋にムクドリが巣を作った。永野さんは鳥たちとよく話をする。「どうもどうも、子育てごくろうさま」と言ったかと思うと、「もう少し静かにしなさいよ」と叱っている。その会話は俗世を脱している。その雰囲気は俳諧に通じるものがあると直一郎は思う。

五

ソメイヨシノが咲き始めている。が、直一郎は残り少なくなった椿の花に執着した。漱石の句〈落ちざまに虻を伏せたる椿かな〉と『草枕』の関係が気になって仕方ない。小説に出てくる人物や温泉地は、漱石が明治二十九年から三十三年にかけて熊本に住んだ頃の実体験に基づくそうである。漱石は文部省の官費留学生として英国に渡るまで、第五高等学校の英語教師を務め、「寝ても覚めても」俳句作りに凝っていた。「日本」新聞派の俳人としてかなりの名声を得ていた。

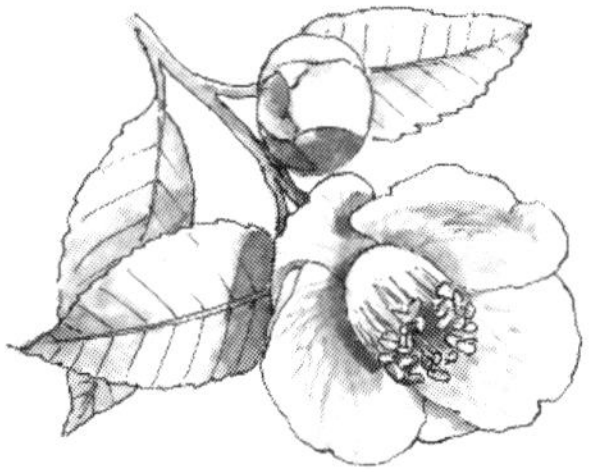

〝非人情〟は漱石の造語である。簡単に言えば第三者の位置のことだ。苦しんだり、怒ったり、騒いだり、泣いたりする現実世界に同化せず、距離を保つ心境を指す。それは「いつも眺めている」斜めの態度であろう。作品の中から言葉を引けば「人情世界から、ぢゃりぢゃりした砂をふるって、底にあまるうつくしい金のみを眺めて暮らす生き方」である。

『草枕』執筆時の漱石は苦渋に満ちたロンドン留学から帰国した直後であった。自分が綴り出す俳句小節の気分の中に復帰したい願望があったのではなかろうか。小説の中に「涙を十七字に纏めた時には、苦しみの涙は自分から遊離して、おれは泣くことのできる男だと云ふ嬉しさ丈の自分になる」との表現もある。

大正から昭和初期にかけて漱石俳句を再検討するブームがあったらしい。〝非人情〟の風流を漂わす〈落ちざまに虻を伏せたる椿かな〉を批判する人も多かったという。その主旨は「これは写生した句ではないだろう」というものだ。「椿の花は落ちた後に軽い方の花弁が上向きになる。円錐形の尖った方、つまり重い方が下にならないと地上で安定しない」。そんな花卉マニアの主張は漱石流の「作為の過剰」を突く意見にもなった。

作者が漱石ではなかったら、そのような厳しい声は出なかったかもしれない。文豪の詩魂にかかわる問題として論議され、却ってこの句を世に知らしめる効果があった。

だが、と直一郎は思うのである。一般論として俳句は「実景の写生」でなくてはならないのだろうか。目の前の実景をヒントにして、作者が創り出す風景も成立していいのではないか。花弁の内に閉じ込められる虻は執着から逃れられない人の姿に似る。そう解釈すれば、単なる写生句ではない。煩悩を風刺する一行詩と言えまいか。漱石は、椿の花に対する特別な感情を表現したかったのに相異ない。

こう考えると、日本文化史における椿という花の位置付けが気になる。漱石はそれを下敷きにしていたのではなかろうか。そもそも庭木としての椿を愛でる習慣はいつの時代に確立するのだろうか。そういう分かりやすいところから調べてみようと彼は思い立った。

再び市立図書館の検索サービスの助言を得ることになった。渡された本には「八世紀にすでに、山からツバキを掘ってきて庭などに植える風習があった」と書かれていた。

その根拠は『萬葉集』だった。大伴家持の作品の中に〈あしひきの八峰の椿つらつらに／見とも飽かめや植えてける君〉という和歌があった。また、これとは別の長歌の一節にも〈八峰には霞たなびき谷辺には／椿花咲きうらがなし〉のくだりがあった。

家持は長歌、短歌など合計四百七十三首を『萬葉集』に収めている。このうち二百二十三首までが「越の国」に在任中の歌であり、くだんの椿は今の富山県に自生する樹だったようである。

直一郎は和歌が描く情景を想像した。溌溂とした姿の女性が「八峰」山から引き抜いてきた椿を庭に移植している。「椿も見飽きないけどね、僕は作業中の君の容姿を見つめてしまう。この気持ちを分かってくれ」という軟派の歌であろう。そして、山間部に群生する椿の花を目の前にして、家持は「うらがなし」と見たのである。

「八峰」はどう読むのか。「椿」の字の使い方はこれでいいのか。万葉仮名で書かれた原典を開いてみることにした。

『萬葉集』巻二十には万葉仮名で「夜都乎乃都婆吉（やつをのつばき）」と書かれていた。同じく「八峰の椿」を詠んだ巻十九の和歌を見ると「奥山之八峯乃海石榴」とある。長歌の方も「海石榴花咲宇良悲」と書かれていた。どうやら「椿」の字は後世の当て字のようである。

巻二十の防人歌には「天平勝寶七歳二月」という添書があり、西暦七五五年にあたる。「八峰の椿」の和歌が同時期に作られたとすれば、作者は三十歳台の半ばだったはずである。

大伴家持の肖像＝狩野探幽（1602〜74年）作

　家持は延暦四年（七八五年）八月、中納言従三位、陸奥按察使鎮守府将軍の官位で死没した。『萬葉集』の編纂から二十年以上を経ていた。彼は七十歳近かったらしい。長岡京で起きた藤原種継の暗殺事件との関連を疑われ、埋葬を許されずに官籍も一時的に除かれた。「八峰の椿」を「うらがなし」と詠じた家持は北陸の山に咲く椿の華麗なる花弁の背後に、自分史に訪れる不吉の影を予感していたのだろうか。

　直一郎が図書館に通っているうちに武蔵野の椿の花期は過ぎた。世の中に桜の花びらがあふれている。高齢者を対象にした社会教育も春爛漫となり、俳句教室の生徒たちは皆、にこやかだった。席題は「桜」と「惜春」である。直一郎は〈負け越しの力士の仰ぐ花吹雪〉、〈鯉の背の大正三色春惜しむ〉の二句を出した。互選で花吹雪の句が高点になり、講師の選にも入った。

「いちおう、マルを付けたけどね、力士の句も鯉の句も観念の作だ。写生から感じ取る作者の感動が伝わってこない。直斎さん（直一郎の俳号）の句はどうも理屈が先行しているんだな」

兎男先生はこんな批評をする。せっかくのマル印にもケチが付き、彼は落胆せざるを得なかった。先生はさらに「皆さんは純粋に美を見つめる努力が不十分です」と叱り口調で言った。生徒の一人である八十歳過ぎの上品な女性が「兎男さん、きょうは虫の居所が悪いのかしら」とつぶやいた。

この日の講話の主題は「景」である。兎男先生は「俳句は〝景〟が見えてこその風流です」と明瞭な声で言う。さらに「それは写生によって、作者の詩心の中に再度、造型されるものである」と説明した。だから、写生を怠り、観念で句を作ることは「良くないこと」なのだそうだ。

先生が投じた一石が胸の中で〝どぼん〟という音を残し、懐疑の波紋を広げていく。詠まれた景色が実であろうと虚であろうと、そこに「風流」が通っていれば、俳句として成立するのではなかろうか。直一郎は一抹の不平感を抱きながら、メモをポケットにしまい込んだ。

教室のメンバーには酒好きの者が何人かいる。四時間ほどの〝勉強〟の後、近くの赤ちょうちんで談論風発する。この日も白いマスクをした老人たちが列をなして暖簾をくぐった。

兎男先生は老生徒たちが発する素朴な疑問を受け止め、一々、首をかしげてくれる。しかし、わざと難解なことを言う癖がある。それは「二代目」であることに、若干の引け目を感じているからなのかもしれない。「先生、肩の力を抜いて、平易な言葉で講義してください」と直一郎はいつも思う。彼は先生の応援団の一人のつもりでいるのだった。

「景」とは何か。その論題が二次会にも引きずられた。兎男先生は静かな口調で問題提起を繰り返した。

「色鮮やかな情景に見えても、それが観念の産物だったならば、その風流は表面的ですよ。それでは読み手の心を動かす詩にはなりません」

その晦渋なる指導に噛みついたのは、句歴五年の倉重という男だった。

「生意気を言うつもりはありませんが、自然や社会に対する感想をどのように持つかは各人の自由じゃないですか。表現の自由があっての詩であり、俳句だと思いますね」

「何を詠むのかはもちろん自由です。しかし、自分の内部の詩の精神によって、どれだけ対象の本質を受けとめているか。そこが問題なのです。それは景の選択という行為によって、判然とするものです」

兎男先生はさらりと受け流して答えたが、その内容は難解の鍋の火に油を注ぐようなものであった。

六

「景があってこその詩、という先生のご指導ですけれど、逆に言えば、その場の思いつきや風刺であっても、季語を含んだ〝景〟に乗せれば、〝風流〟となるということでしょうか」

倉重は食い下がった。彼は直一郎よりも二つ歳下で、最近まで自動車業界の雑誌社に勤

めていたらしい。いかにも優等生的であり、批判精神があふれている。その顔色もゴルフ焼けしていて頑丈そうだった。

直一郎はこの男をライバル視しているが、知識の分量では歯が立ちそうにない。ここは兎男先生にがんばってはしいところだ。先生は静かな口調で応えた。

「俳句の作品として世に問う以上は季節感を大切にするだけでなく、人間性への洞察がなければならないでしょうね」

「〝写生〟は風景への純粋な詠嘆だと思いますが、先生はその背後に人間観察があるべきだ、とおっしゃるのでしょうか」

倉重の口調には議論の進行をおもしろがる余裕がある。これに対し、兎男先生は笑ってはいるが、目は真剣な光を帯びていた。直一郎は先生の側に立ち、ここで点数を稼ぎたい気分で口を開いた。

「美的観念も実際の景色を得なければ妄想に過ぎない。先生がおっしゃるのは、そういう意味ではないですか」

単語が上滑りしており、気障が匂った。それを見抜いた連中が「なんだい、それは」、「単なる屁理屈じゃないか」とざわめき立った。

ここで直一郎は漱石の〈落ちざまに虻を伏せたる椿かな〉を話題にした。これは「景が見える」一句とされるが、本当の写実なのだろうか。観念の産物、あるいは妄想を景色に乗せた作り物なのか。色鮮やかだが、いささか漫画のようでもある。現実の風景との間には距離がありそうだ。そこをどう考えるか。

直一郎は自分の悩みを告白するような口調であった。〝にわか俳人〟たちが耳をそばだてる。兎男先生は距離を置き、微笑を浮かべて黙っていた。大学の事務職を退職し三年前に俳句教室に入った磯野という男がおもむろに発言した。

「その俳句をある本で見てから、私も折に触れて考えてきた。実景の写生と捉えるべきか、あるいは作者が意図的に創った景色と見るべきか」

よく整理された指摘である。この俳句を実証的な見地から鑑賞しようとしているようだった。直一郎と同じ問題意識である。

虻が捕まるためには、その椿はうつ伏せの形で落ちなければならない。その落ち方を実際に確認することが、漱石句の鑑賞の第一歩であるはずではなかろうか。直一郎は自分が行った観察の結果を句友たちの前で披露した。

「自家の庭の、椿の落花の大半は花びらの付け根を下にして仰向けの状態で転がる。横向きに落ちた場合でもコロッと上を向く。だが、うつ伏せの状態で落ちる椿も確かにある。百個の椿の花を集めてみれば、下に向いて落下するのは全体の一割ぐらいだった。落ちる距離が短い上に、地面に草が生えている場合ほど下向きの出現の確率が高い」

「なるほど。よくも粘り強く観察したものだね」と言って、磯野はすかさず直一郎の実験を評価した。しかし、何やら上からの目線が感じられる言葉が続いた。「でも、平凡な結論だよ。小人閑居の観察の成果が不善ではなく、〝風流〟に近づいていることは評価したいが……」

「よくも」と持ち上げながら、皮肉を漂わせている。一瞬、ムッとした直一郎の表情を見た倉重がこれを引き取り、理屈の世界へと議論を引き戻そうとした。

「でもね、問題は椿の花の落ち方ではなく、虻の習性にあるのではないかな。咲いている〝静〟の椿と、その蜜を吸いに来た〝動〟の虻。意思がはたらくとすれば、虻の側だよ。その行動の如何がこの一句の場面をもたらしている。失礼ながら、直斎さんは考えるべき対象を取り違えているんじゃなかろうか」

それは観察の手法が低次元であると言うのと同じである。自尊心を傷付けられた直一郎は気色ばんで、少し大きな声を出した。

「この俳句のポイントはあくまで花の状態であり、虻は添え物だよ。伏せた形で落ちる少数派の椿の花の姿の中に、世に迎合しない風流人の心がある、と僕は見る」

これに対して磯野は「それは晦渋なる一種の精神論だね。心の問題は各人の受け止め方であり、実際の風景の中でリアルに動いたのは虻だ」と言った。

他の俳句仲間たちはニヤニヤするばかりである。椿を対象にした写生論だったのに「主役は虻」になりかねない。直一郎は形勢不利のままだ。ここで兎男先生が仲裁に入った。

「蜜を吸いに来た虻が椿の花に付着していたままに落ちたのか。地面にいた愚鈍な虻が落花に補足されたのか。因果関係の解釈への興味は尽きない。でも、それはこの際、どうでもいい。俳句を支える詩の心とは、瞬間的な事実をキャッチして感動することなのだから……」

生徒一同からは反論が出なかった。師の一言は曖昧であり、結果としては難解だった。それは春の川岸の柳を潤す軽塵の如く、にわか俳人たちの議論を煙に巻いた。

その翌日、直一郎は俳句仲間の議論の模様を反芻しながら庭を眺めていた。背の青い蜥蜴がかがやきながら地を走る。小ぶりのナミアゲハが夏蜜柑の葉の間を飛ぶ。春たけなわであった。

漱石の〈落ちざまに……〉の句について、句友の多くは「そんな場面は見たことがない」と口をそろえた。これに対し、兎男先生の説明は俳諧味があふれていた。「いつかは見ることができるのではないか。そう思った人にとっては〝実景〟と言えなくもない」と先生は言ってくれたのだった。

句の情景は作者の胸中に生起した瞬間的な実景である。そのように考えれば、一句の季節感を素直に受け止めることができるだろう。「椿が落ちた。中に虻がいただけだ。そんな素直な態度で作者の風流を受け止めよう」と直一郎は考え直した。動作の主体は椿でも虻でもなく、作者自身ではなかろうか。作者が自己の観念にスイッチを入れたことが運動である。それによって実景の中に風流が発見されたのだ。

それでも気になるのは椿と虻の位置関係である。〈落ちざまに……〉と言っている限り、詩の中の主客の立場は明らかだ。だが、場面を構成するアクターとしては椿と虻は同格であると言える。虻にとって椿の落花は不慮の災難なのか。それとも己の執念が招いた悲劇なのか。

「いや、待てよ」と直一郎は思う。そのような議論は俳句作品を理屈で解剖しようとするものである。写生とは離れた理屈による意味付けである。「そんな鑑賞の仕方は一句の持つ風流を遠のかせる」と兎男先生は諭したかったのではなかろうか。

風雨が満開の桜を散らしてしまった。句会から一週間経った土曜日の朝、兎男先生から電話が入った。意外なことに先生は明るい声で直一郎の探求心を礼賛してくれた。

「例の漱石の椿の句ですが、僕はあなたの観察を支持しますね。一句の鑑賞は人によって異なるけれど、自分がどのように関わるかが大事だと思う。あなたの執着には俳諧味がある」

〝執着〟の一語が少し気になったが、先生は自分の主張を理解している。そのことを率直に喜ぶべきだろう。未熟な老生徒の問題意識であっても尊重してくれる姿勢がありがたかった。

「ちょっと直斎さんと話してみたくなったので、昼ご飯を済ませた後、拙宅までお出かけくださいませんか。花は満開、春風江上の道ですよ。あらかた散ってしまったが、うちの庭に植わっている白い椿も観察してみてください」

七

兎男先生が自宅に呼んでくれるとは思ってもいなかった。何か特別な用事がありそうだ。十数人の教室メンバーの中で、特に自分の詩心が先生に評価され、その成長が注目されている。このことが直一郎を喜ばせた。

名門女子大の傍にある毛利邸は、千川上水沿いの道を自転車で行けば三十分とかからない距離である。腰痛をがまんしながら自転車の両輪に空気を入れた。

「ちょっと心配だから」と言いながら細君が付いてきた。彼女はサドルの低い自転車を並べて漕ぎ、「曲がる時はね、ミラーをよく見てください」とか「夕食までに必ず帰ること」としつこく言う。直一郎は閉口する思いだった。

途中の武蔵関公園に乗り入れることにした。若い緑に囲まれた水面に十艘ほどのボートが出ていた。桜の花びらが浮かび、その下に鯉が集まっていた。直一郎は木製のベンチに座り、孟春の空気を吸い込んだ。

「もう疲れたの。まるで、おじいさんだわね」。細君の言葉には夫を見くだすような響きがある。そのくせ、自分もちゃっかりと腰を下ろし、「ああ、いい気持ち」と言いながら池を見渡している。警戒せずに近づいてくる水鳥たちがいた。

「なんて言う名かな。俳人だから、分かるんじゃないの」

「テストみたいだな。近づいてきたのはカルガモ。その向こうにいるのはオオバンとキンクロハジロ。高い声を発しながら潜水を繰り返すのはカイツブリだ」

「みんな冬の渡り鳥でしょう。どうして北の国に帰らず、日本で桜の季節を迎えてしまったのかしら」

「人間の社会と同じで団体行動が不得意なものもいるのさ。〝残り鴨〟という季語がある。カイツブリは留鳥だ」

「みな幸せそう。おだやかな景色だわ。地球上のどこかで戦争が続いているのが嘘のよう……」

「戦火にあえぐ人々には申し訳ないが、俺は俳句をひねりながら、老後の日々を過ごすしかない」

直一郎の視線は園内を巡る道の脇に植えられた椿に注がれた。花期は終わったが、地面に朽ちている色褪せた花の形が気になった。気持ちを転じて句を案じ、〈白椿一つ落ち来る雲の上〉とつぶやいた。水面に映る雲。その上に落ちる椿の花。こういう場面を詠むのはありふれた〝つきなみ俳句〟なのだろうか。

細君を家に帰し、直一郎の自転車は千川上水に沿う桜並木を走り抜けて行く。花吹雪が体に当たるのが気持ちよかった。「毛利」という檜の表札が架かる門をくぐった。玄関に男ものの革靴が並んでおり、中から笑い声が聞こえた。

倉重が来ていた。応接間に入ると、背広を着た磯野の姿もあった。直一郎は若干、拍子抜けする思いになった。歳時記や美術書が机上に積まれていた。

倉重が自宅で印刷してきたWebページの資料を回覧した。それによれば、ツバキの語源については諸説ある。葉につやがあるので「津葉木」、葉が厚いので「厚葉木」という意味が呼称になったらしい。さらに、「椿」の文字は中国では全く別の樹木を指し、それはセンダンの近縁種にあたるという。

隋の時代、六世紀の図譜文献では「海榴」「海石榴」と記される。倉重の説明によれば、「海」が付くということは渡来植物であることを示すそうだ。直一郎が万葉仮名に見出した椿を指す文字は中国から輸入した字だったのである。

日本に生育する椿がカメリア・ジャポニカ（Camellia japonica）としてヨーロッパに紹介されたのは十七世紀のことだ。日本に滞在したオランダ商館員の功績であった。十九世紀のフランスの作家、アレクサンドル・デュマの小説『椿姫』は、その当時にフランスで栽培種が普及していたことを物語る。主人公の高級娼婦は毎月のうち二十五日間は白い椿を、残り五日間は赤い椿を身に付けたという。直一郎はこれを読んだことがない。しかし、小説を基にしたヴェルディのオペラは合唱団で話題になることがあった。

兎男先生は「ふうん」という顔で倉重の説明を聞いていた。その後、老いた弟子三人組を庭先へと誘った。そこに高さ十メートルほどの立派な椿の木が生えており、八重の白い花が少しだけ残っていた。

「直斎さんの実験の話を聞いて、私も落ちる花の形が気になった。でも、我が家の椿は全部、小さな花びらになって散っていた。これでは虻を伏せようがないよ」

たしかに、地面には朽ちた花びらが折り重なっているだけだった。それは「散椿」という品種なのだろう。腹部に筋が入った虻が数匹、これ見よがしに飛び回っていた。

父親の大先生が元気な頃はもっと広い庭だったらしい。赤い花が咲く椿の樹もあった。

「それこそ花の付け根から、ポトリと落ちるタイプだった」と兎男氏は懐かしそうに話した。相続をめぐって親族の間で裁判があり、毛利邸の庭は半分になったという。

きわめて晩婚だったために育ちざかりの子供二人を抱える兎男先生は「金銭のしがらみはめんどうくさくて嫌になるね」としみじみ言った。脱俗の俳人も俗世の荒波に揉まれながら生きている。漱石の小説に出てくる〝満員電車の中で足を踏みつけられながら通天の空気を吸う〟人の姿を、直一郎は思い出した。

「見事な椿ですね。七世紀の天武天皇の時代に白色の椿が献上されたという記録があるそうですから、やはり椿は赤色のものが基本であり、白いのは珍しかったのでは……」

磯野がそう言って目の前の椿の樹を誉めた。大学に勤めていただけに博識である。直一郎は少し対抗心を抱きながら、大伴家持の歌の中の「海石榴」を持ち出した。だが、兎男先生は「やはり、ツバキは木へんに春じゃないと、気分が出ないよ」と言って、あまり関心を示さなかった。

「それよりも、美術作品の中から椿を主題にしたものを見てみようよ」

兎男氏は三人の弟子をうながして庭先から応接間に戻った。「これが一番、参考になった」と先生が言うのは、昭和四十一年、京都府立総合資料館が編集した「ツバキ――その美術と工芸」だった。続いて百貨店が催事場で行った『椿絵名品展』のカタログを見せてくれた。やはり、偉大な父上の蔵書の中にあったものらしい。

椿の花を図柄のメインに据えた作品は平安時代まで、ほとんど知られていないという。十三世紀になって、鎌倉彫のデザインとして登場するが、それは原種の五弁の椿ではなくて交配種の八重の椿だった。同じ時期のもので、松と椿の絵柄を組み合わせた蒔絵手箱も伝えられている。品種改良が進み、園芸種が広まっていくと共に美術の対象になったようである。

室町時代に画題の主役として椿が脚光を浴びるのには、茶の文化や南画の流行が影響している。続く安土桃山、江戸時代の武将たちは派手な椿を好み、木彫、蒔絵、染織などに多用された。その圧巻は狩野派や若冲の襖絵であり、咲き誇る椿がびっしりと大画面に描かれた。江戸期の珍しい作品では、安藤広重の浮世絵に「斑入椿図」がある。画題になったのはあでやかな改良種だった。

「明治以降の近代美術で、もっとも秀でた椿の作品は、この絵だと思うけれどね」

速水御舟「名樹散椿」（1929年）山種美術館蔵

兎男氏が図版で示したのは、一九二九年に速水御舟が京都で描いた「名樹散椿」だった。紙本金地に彩色の二曲一双の屏風絵であり、約一七〇センチ四方の大作である。昭和期の美術作品としては国指定重要文化財の第一号となった。

画面の右側に椿の大木がそびえ、老獪そうな太い枝を伸ばしている。赤、白だけではない混合五色の花を咲かせている。直一郎はその絵の中で、盛り上がる地面に注目した。多数の花びらが散っているが、蛇を捕えることができるような〝うつ伏せ〟型の落花は見えない。

次に先生は「私が好きな作品はこれだ」と言って、岸田劉生の「かごの椿」の油彩画を示した。赤い五弁の椿の花が五輪描かれている。鵠沼時代の作品だろうか。けばけばしくなく、安定した色彩の作品だ。しかし、ここにも落ちた花は見えなかった。

「ざっと見渡したところ、落ちた椿に焦点を当てた美術作品は見当たらない。しかし、俳句では多くの人が詠んでいる。絵画と俳句は美の発見のポイントに少し違うところがあるんだな。漱石の落ち椿の観察は俳諧趣味の面目を果たしていると思うね」

兎男先生は蕪村の〈椿落ちてきのふの雨をこぼしけり〉、碧梧桐の〈赤い椿白い椿と落ちにけり〉、飯田蛇笏の〈はなびらの肉やはらかに落椿〉を次々に読み上げた。蛇笏の最後の句集が『椿花集』だったことも興味深かった。

八

毛利邸の応接間で四人は夏目漱石の作品について語り合った。兎男先生は『夢十夜』が「こよなく好き」と言う。「この作品には俳諧味がある」とか。論評するような強い口調ではなく、印象を軽く述べて共感するといった風であった。

闘病しながら『明暗』を執筆していた漱石は大正五年（一九一六年）十二月に没した。大新聞社に擁護された小説家であり〝余裕派〟と言われたが、文明と自分との関係だけでなく親族の関係をめぐる悩みは深かったようだ。晩年の作品は自然主義に近いような印象を受ける。

熊本の日々は漱石にとって一番寛いだ時代だったのではないだろうか。〈落ちざまに虻を伏せたる椿かな〉はその頃の気分の中から生まれた。この句について「実景として疑わしい」という批判が出たのは漱石死後のことなので作者自身のコメントは残っていない。

誰が何と言おうと、この一句は自然界の写実である——。そのように主張して譲らなかった文人がいた。それは漱石を生涯の師と仰いだ寺田寅彦（一八七八～一九三五）だった。

兎男先生はもっか寅彦の〝実景説〟がどんな意味を持っていたかについて調べているそうだ。東京帝大の物理学の教授にして随筆家。直一郎も読んだことがある。その寅彦は年期が入った俳人でもあり、大正四年創刊の俳誌「渋柿」の同人に名を連ねたという。

「父の蔵書の中に『冬彦集』『藪柑子集』というのがあり、古い『渋柿』誌も何冊かあった。ぱらぱら頁をめくったけど、漱石の椿の句の話題は出てこなかった。寅彦の主張がどのようなものだったのか、具体的に知りたいと思っているのだけれど……」

先生がそのように言うと、すかさず磯野が「個人全集があるでしょうから、調べて見ましょうよ」と応答した。「全集があっても、有力な手掛かりがないと、容易にはたどり着けないと思うよ」と倉重が言った。直一郎はその会話を聞きながら、北海道の松岡に相談してみようと密かに思った。松岡は青年時代に寺田寅彦のエッセーに心酔していた記憶があった。

兎男先生は話題を変えた。「やはり椿はね、艶やかでなまめいていていてほしい花だな。これは実際の椿ではないけれど、連想が効いていて面白い句だよ」と言いながら、短冊に筆ペンで〈ひとつ咲く酒中花はわが恋椿〉と書いた。それは石田波郷の句であった。風流をひねった俳句では森澄雄〈侘助の花を見るなと鴨のこゑ〉というのもあるそうだ。

「存命している現代俳人の中にも、すごい感性で不思議な椿の俳句を詠む人がいる。これはやはり、花が持っている力が作者の表現を引き出しているのではないだろうか」

先生が白紙のA4サイズのコピー用紙に書いたのは〈椿咲くたびに逢いたくなっちゃだめ〉〈落椿あれっと言ったように赤〉の二句だった。池田澄子という現代俳句のエース級の人の作品だという。不思議な音の響きが感じられた。

直一郎は机上にあった紙片の端に自作の白椿の句を書いて師の評を求めた。兎男先生は「ふうむ」と言って微笑した。そして「この雲は水面に浮かんでいるんだね。おもしろいじゃないか」と言ってくれた。

倉重が「私だったら〈白椿一つ飛び乗る雲の上〉とするな」と軽口をたたいた。確かに、落ちるよりも飛ぶ方が俳諧味があるのかも知れぬ。兎男先生は赤鉛筆を取りながら「でも、孫悟空の〝きんと雲〟じゃないからね。〈白椿雲に飛び乗る水の上〉とすると情景がはっきり目に見える。奇をてらわずに抑えておきませんか」と言った。

夕食前に毛利邸を辞した直一郎は、自宅から北海道の松岡に電話した。前回は「不吉な」椿に冷淡だった彼だが、今度は寺田寅彦の名が出ただけで「おもしろいな。調べてみる」と返答した。やはり、彼は高校時代から寺田寅彦の随筆の愛好者だった。『冬彦集』『藪柑子集』の代表作二冊のほかに、『柿の種』『触媒』『蒸発皿』の各初版本を揃え、今もガラスケース付きの本棚に収蔵しているらしい。

松岡は「そう言われれば、寅彦が椿の落花を観察したという話はよく知られている。どこに書かれていたのか、記憶にないが読み直してみるよ」と言って電話を切った。ついに彼も〈落ちざまに……〉の句の椿の形態に囚われる仲間に加わった。直一郎にはこのことが面白く、つい声を出して笑ってしまった。

いつも机上に置く三省堂版の『日本史小事典』によれば、寺田寅彦は「明治から昭和時代の物理学者・科学思想家。筆名吉村冬彦。高知県の生まれ。東京帝国大学卒業後、ドイツに留学しのち東大教授……」と書かれている。別の資料にあたると、寅彦は東京生まれであり、生涯「土佐高知の人」を自称したという。

その三日後、松岡から小包が届いた。中から凹凸のあるビニールで包装された古書が出てきた。それは寅彦の著作『柿の種』であり、昭和十六年十二月に小山書店から発行された第七刷だった。

万年筆で書かれた短い手紙には「新緑の候。健吟のご様子何より。貴兄の調査に関連し、小生は『柿の種』に注目した。昭和八年六月初版。同十年五月再版。三冊持っているので一冊進呈する。一読、寅彦の知性が躍動する。諧謔もたっぷりだ。末尾に〈哲学も科学も寒き嚔哉〉の俳句が出ているが、今の時代こそ余程寒い」と書かれていた。

函にも表紙にも、白地に赤の江戸小紋のような小さな菱形が多数配されていた。直一郎はこの本に見覚えがあった。その巻末に黄色の短冊が挟まれ、ここに丸囲みで「天堂」の落款が押されていた。これは井の頭線の池ノ上駅近くにあった古本屋の名である。松岡はこの本を高校生の時に買ったのであろう。その時、自分も傍らにいたような記憶があった。

直一郎は奥付が壊れそうな『柿の種』を開き、むさぼるように読んだ。中・高一貫の男子校の同級生だった松岡との長い付き合いの日々がよみがえって来た。

冒頭の「自序」で寅彦は「大正九年頃から、友人松根東洋城の主宰する俳句雑誌『渋柿』の巻頭第一頁に「無題」という題で、時々に短い即興的漫筆を載せて来た」と書いていた。収録された作品はどれも五百字ほどの分量の小品である。その中の一つのエッセーに直一郎は注目した。次のような内容だった。

《根津権現の旗亭で大学生が小会合を開いていた。夜更けになり、梟が鳴いた。一人の学生は「あれはすっぽんだ」と言った。「だって君、すっぽんが鳴くのかい」、「でも何だか鳴きそうな顔をして居るじゃないか」。皆が笑ったが、その男だけは笑わなかった。筆者曰く——過去と未来を通じてすっぽんが鳥のやうに鳴くことはないといふ事が科学的に立証されたとしても、少なくも其日の其晩の根津権現構内では、たしかにすっぽんが鳴いたのである》

これを読み、寅彦が科学的な因果関係を絶対視する人ではないことが分かり、何だか嬉しかった。事象の奥底に、理屈で解明できない発見が潜んでいる。常識が見落としているものの中に不思議な感動がある。それを発見することが「風流」なのではなかろうか。

そんなことを考えながら、直一郎は外出した。見渡す木々に新緑があふれ、空気の流れの中に若い息吹がみなぎっている。細君とともに体験農園の授業に参加した。与えられた三十平方メートルほどの圃場にナス、キュウリ、カボチャの苗を植えた。葉もの野菜の種も撒いた。

「土を叩いて固め過ぎないようにしてくださいI」、その次には「水をやり過ぎないで」と、細君の指示がいちいちうるさい。黒く柔らかい土を鍬で起こすと、蛾の幼虫が丸くなって出てきた。それを摘まみ上げた指先が「夏近し」を感じ取った。

九

漱石の落ちざま椿の句を「実景」と主張したという寺田寅彦の確信の根拠は何だったのか。それを追いかけずにはいられない。

直一郎は書庫から創元社版『現代随想全集』の第十巻を取り出し、「案内者」「化物の進化」などの寅彦エッセーを読んだ。事象の関係をすぐに断定せず、脱線しながらゆっくりと真実をあぶり出す、といった書き方である。千鳥足の酔っ払いが、右に行ったり左に行ったりしながら、自分の家に近づくような印象を受けた。

寅彦の学位論文は『日本の竹製管楽器 尺八の音響学的研究』だったという。その後、エックス線を使った結晶構造の解明に関する研究により、一九一七年に学士院恩賜賞を受けた。一方で震災に関する多くの学術論文を執筆した。

彼は学問の一方で「諧謔」「風流」を問い続けた。漱石山房の中で別格扱いの〝巨峰〟として遇されたという。直一郎は二〇一一年の東北大震災の後、「天災は忘れた頃にやって来る」の警句と共に寅彦の名が上がったことを思い出した。

寅彦の随筆を読み進めるうちに暦は五月になった。男声合唱団のレッスンも再開され、彼は組曲の『月光とピエロ』『水のいのち』などの課題曲に声を合わせた。コロナ対策は続いており、指揮者もピアニストも歌い手たちも一様に白いマスクをかけての練習だった。

楽しみにしていた俳句教室の兼題は「端午」と「鯉のぼり」であった。直一郎は〈若衆の鷹捧げゐる端午かな〉、〈落人の邑いきほへる鯉幟〉の二句を出した。

兎男先生は「いつも観念が先行するね」と寸評しながらも、「俳諧味はある」と言ってマル印を付けてくれた。直一郎は大いに気分を良くした。この日の講義のテーマは「座」であった。かねてから「俳句は座の文芸である」と、よく聞かされていたが、実はピンとこなかった。彼は「待ってました」とばかりに、師の講義に耳を傾けた。

俳句は一人で閉じこもって作るものでなく、仲間がいて盛り上がる文芸だ。師がいて、句友がいて、お互いに批評し合う「座」が欠かせない。江戸時代には「連衆」という言葉がよく使われた。兎男先生の講義はこのような調子で始まった。

「作品の傾向や主張によってグループが発生し、今でも〝一門〟と言いますが、何か閉鎖的な匂いがあって僕は好みません。要するに、俳句とは仲間を作って互いに高め合う文芸なのです」

季節を凝視し、感動を言語化する。その姿勢が共有されることによって、俳句の〝座〟が成立するのだろう。互いに切磋琢磨して技を磨くのはクラブ活動と同じである。「意外と平凡な説明だ」と直一郎が思った矢先、いつものように先生の難解、晦渋なる言葉が飛び出した。

「僕は指導しているのではなく、俳句を通じてみなさんと詩魂を刺激し合っているのです。交流と共感、時には激突。融合したり分離したりしながら、美意識を確認し合い、向上させていくのが俳句です」

先生はさらに「これは一種のアカルチュレーション（acculturation ＝文化変容）である」

と、聞いたことのない英単語を使った。そして「夏目漱石と寺田寅彦の交流」を例に挙げた。この二人は俳句によって結ばれ、お互いを認め合い、元々の自分の領域を超える〝文明〟を自身の中に築いたのである、と説いた。

「俳諧の土俵の上で、優れた頭脳がぶつかり合った。その交流の中から、お互いが第三の芸術的境地を築いたのです。お互いに、その過程を楽しんでいたようですが……」

寅彦は俳句の〝運座〟が創り出す連句に特別な関心を持っていたらしい。ある随想の中で蕉門の古典『猿蓑』（元禄四年）を論じ、去来の〈青天に有明月の朝ぼらけ〉の句に至る過程を考察して「連句に於ける天然と人事との複雑に入り乱れたシーンからシーンへの推移の間に、吾々は其等のシーンの底に流れる或る力強い運動を感じる」と書いていた。兎男先生はこれについて補足した。

「寅彦の言葉を借りるなら、俳句の世界の〝座〟は知的運動を生み出す舞台です。われわれも切磋琢磨し、このエネルギーを蓄えて行きましょう」

そのような言葉で講話は締めくくられた。直一郎は手を挙げて質問した。

「漱石の〈落ちざまに……〉の句に対して、寺田寅彦の実景説にはどんな根拠があったのでしょうか」

「ああ、あれね。寅彦は〝実景の写生〟と主張するだけでなく、自分で観察を繰り返し、物理学的な実験までしたそうです。彼は椿の落花を一種の〝飛行体〟として考えたらしいですよ」

飛行体？。その言葉を聞き、直一郎は「はっ」とする思いだった。椿の花が自分勝手に宙を舞い、それぞれの思惑と共に地に落ちていく姿を夢想した。新たな刺激であった。

寺田寅彦は見る、聴く、嗅ぐ、触る、味わう——の感覚を駆使し、現象の成り立ちを考えた人だったようだ。物理学の研究に邁進する一方、さかんに絵を描き、俳句を詠み、随筆を書いた。直一郎は読み進むほどに寅彦の多様な問題意識に引き込まれた。その探求心、人生の時間配分と集中力が驚異的であり、感心する。

寅彦は映画に特別な関心を寄せていた。大正から昭和にかけて映画の技術進歩が著しかったようだ。「実物と同じに見せるといふことは絵画の目的でないと同様に映画の目的でもない。実物を見たのでは到底発見することの出来ないものを発見させるところに映画の特長があるのではないか」と書いていた。

俳句の写生とはこのようなものではなかろうか。直一郎の脳裏に榎本其角の有名な句〈鶯の身をさかさまに初音かな〉が浮かんだ。常識ではあり得ないと思われる鶯の「身をさかさま」な状態。読み手には鶩が体で発する歓喜が伝わってくる。単なる写実よりも迫真的である。寅彦の「実物を見たのでは到底発見することの出来ないものを発見」とは、こういうことを言っているのではなかろうか。

最も面白く読んだ作品は昭和七年十二月発表の「夏目漱石先生の追憶」だった。それは「熊本第五高等学校在学中第二学年の終わった頃」に始まる回顧談であった。

「(自分は)十九歳だった」と寅彦は書く。明治三十一年の六月末か七月初めのことと推定される。学年末の英語試験をしくじった同級生のために、「点を貰ふ」運動委員の一人になった寅彦は白川河畔の藤崎神社の近くに住む夏目教官を訪問した。

使命を果たした寅彦青年は「俳句とは一体どんなものですか」と質問した。漱石は「レトリックを煎じ詰めたものである」、また「扇のかなめのやうな集中点を指摘し描写して、それから放散する連想の世界を暗示するものである」と答えたという。どこか実験物理学の雰囲気が漂う言葉なので、寅彦流にデフォルメされているのかもしれない。

「落第しそうな友人の救済もいいけどね、現世から落ち行く花弁にすがりつく虫の命にも注目し給へ」

「如何なることでしょうか」

「目を凝らせば、世の中は詩情に溢れている。感性の力で外の景色を写し取り、自己の内部に一片の詩を醸すのだ。吾人はすべからく通天の空気を吸はざるべからず」

「なんか気持ちが大きくなったような気がします」

「そう来なくてはいかん。人生は風流でなくちゃいかん。君も早速、俳句をやり給へ」

というような会話があったかどうか。これは直一郎が想像する会話の場面である。とにかく、寅彦はたちまちにして漱石の俳句の弟子にさせられたのであった。

「その夏休みに国へ帰ってから手当たり次第の材料をつかまへて二、三十ばかり作った。夏休みが終って九月に熊本へ着くなり、何より先にそれを持って先生を訪問して見て貰った」と、寅彦は書いている。帰省した「国」とは高知である。

人間の出会いは電撃に似る。寅彦は漱石によって、風流の種子を植え付けられた。それは科学という洋服を着て育ったのである。

漱石が熊本時代の四年半の間に作った俳句は千句に上る。生涯作句数の四割を占める。五高の学生たちは、三十歳を過ぎたばかりの漱石を〝宗匠〟と仰ぎ、紫溟吟社なる俳句結社を営んだ。寅彦の回想文によれば「先生はいつも黒い羽織を着て端然として正座して居たやうに思ふ。結婚して間もなかった若い奥さんは黒縮緬の紋付を着て玄関に出て来られたこともあった」という。

年譜によると寅彦は「明治十一年十一月二十八日、東京・麹町平河町で誕生。父・利正は陸軍会計監督。母・亀」。三歳の時、父が熊本鎮台に単身赴任したのに伴い、家族とともに高知市大川筋小津の父の実家に転居した。土佐郡江ノ口小学校に入学したが、七歳で父の転勤によって上京、麹町区中六番地に住んで番町小学校に通った。八歳の時、父が退役して帰郷したので寅彦も高知に転居した。

明治二十九年、寅彦は高知県立尋常中学校から五高に進み、翌年には阪井夏子と結婚。この直後に漱石との運命的な出会いがあった。その頃の俳句に〈煙草屋の娘うつくしき柳かな〉〈藁屋根に鶏鳴く柿の落葉かな〉がある。

手当たり次第に読み進めているところへ、松岡から手紙の第二信が届いた。今度はボールペンで「調べてみて面白かった。寅彦は椿が単に落ちてくるのではなく、そこに〝飛行〟を見ようとした。これを知ることができたのが収穫だった」と書かれていた。

十

松岡の手紙は実に興味深かった。直一郎は「よくも単時間でここまで調べたものだ。北海のマツのやつ、相当に暇をしているな」とつぶやいたが、実は敬服する思いだった。

「寅彦は大正十三年、漱石の死から八年後のことだが、東京・上富士前町の理化学研究所に研究室を持った。この時、園丁にわざわざ頼んで中庭に四本の椿の木を植えたらしい。そして、うつ伏せで地面に転がる椿があることを確認し、俳諧趣味の友人たちに報告している。寅彦はここから科学的な着想を得て学術論文を書いた」

寅彦の椿の論文は二本あるそうである。理化学研究所の研究報告に収録されており、松岡は「大学図書館に取り寄せを依頼」したという。直一郎は「文科の自分には到底、理解

できまい。手持ちの本と図書館で寅彦の横顔に迫るしかない」と考えた。

寅彦は明治三十二年、東京帝国大学理科大学物理学科に入学した。漱石が子規宛に書いた紹介状が残っている。そこには寅彦の俳句の才について「理科生なれど、頗《すこぶ》る俊勝の才子」と書かれていた。根岸の子規庵を訪ねた寅彦はたちまち気に入られ、「ホトトギス」への投稿を勧められた。二十一歳の時である。以下は『新潮・日本文学小辞典』からの引用である。

――大学では田中館愛橘、長岡半太郎の教えを受けた。明治三十四年、妻の病気のため高知に帰ったが、肺尖カタルを再発し、一年間休学した。療養の地は須崎であった。翌年、妻に死なれた。子規も亡くなった。この間に長女が生まれた。明治三十六年、二十五歳の寅彦は大学院に入学し、実験物理学の研究者として音響、磁気に関する論文をまとめた。一方、高浜虚子が代表者となった『ホトトギス』に「団栗」「龍舌蘭」などのエッセーを発表した。

漱石は明治三十三年秋からイギリスに留学し、同三十六年に帰国。寅彦は駒込千駄木町の漱石邸をよく訪ね、漱石も科学に関する話題に喜んで耳を傾けたらしい。寅彦にとって漱石は「諧謔」と「科学」を融合する世界への導き手であったに違いない。

寅彦は二十六歳で東大講師、三十一歳で助教授となり欧州に留学。帰国後に三十八歳で東大教授、翌年には学士院恩賜賞を受けた。大正七年、四十歳の時に三度目の結婚。翌八年に重度の胃潰瘍を患い、二年間余の静養を強いられる。この頃に油絵を存分に描いた。研究者は「彼の随筆の執筆のピークが三度目の結婚以後に訪れる」と指摘する。

大正十年、四十三歳の寅彦は親友の松根東洋城、小宮豊隆とともに「俳句を通しての漱石研究会」を発足させた。〈落ちざまに虻を伏せたる椿かな〉も同会での検討対象となったに違いない。大正十二年、これまでに俳句雑誌に書きためたエッセーや漱石宛の通信文などを編んで『冬彦集』『藪柑子集』の二冊を刊行した。

この発刊から七ヶ月後、関東大震災が首都圏を襲った。寅彦は直ちに被災地の調査に出向いた。日記によれば、大正十三年四月十八日に「朝学校へ大河内（正敏）君が来て理化学研究所員にならぬかという相談があった」。そして五月十五日に「委嘱の書付と規則書」が届き、正式に寺田研究室が発足した。

小林惟司著『寺田寅彦の生涯』（東京図書、一九七七年）によれば、就任の際に「四本の椿」を植えてもらうことを寅彦は忘れなかった」という。同書には「理研は上富士前町にあって、寅彦の家から徒歩五分位の近くなので、昼夜に関係なく利用した」、「大学と異なって行政的な会議などまったくなかった」と書かれている。

寅彦が研究室員として最初に採用したのが中谷宇吉郎であり、「二人で当時コンクリートの打ちっぱなしになっている研究室に行って、水道やガスの配置をきめている有様」だった。中谷は雪氷学の権威となり、〝雪は天から送られた手紙〟の言葉を残したことで知られる。

前述の小林氏は朝日新聞社から借り出した当時の理化学研究所の見取図を同書に掲載している。その図面によると、寅彦が中谷と共に勤務した研究室は第二号館二階の一室であった。その部屋の西側の窓が裏庭に面している。椿の木が植樹されたのは、この場所だった可能性が高い。

この頃の寅彦は国が設立した直後の航空研究所の所員を兼務した。椿の落花の様子を見て「飛行体」として認識したことは「さもありなん」である。漱石が鬼籍に入ってから七年経っていた。その椿の花の色は赤だったのか、白だったのか。花弁は五輪か、八重なのか。細かいことは不明である。

直一郎は椿の花を凝視する寅彦の胸中を推量した。地べたに落ちた花の姿に、多くの親しい人の「早過ぎる死」が重なったはずだ。また、自分にとって漱石との交流は何であったのか。それを問いながら、寅彦は椿の花を拾い集めたことだろう。

「寅彦の椿の落花に関する英文の論文を、自分でも観てみたい」と思い立った。その草稿は寅彦の故郷である高知県立文学館に収蔵されているらしい。内容が理解できなくとも、何か感じるものがあるはずだ。物理学の論文だが、まったく分からないということもないだろう。

彼は高知市内にある県立文学館に電話した。対応したのは親切そうな女性の学芸員だった。

「わたしは研究者ではないのですが、椿の落花に関する寺田寅彦資料を閲覧することができるものでしょうか」

「あの物理学の英語の論文ですね。うちの館で保有するのは、二本あるうちの一本の草稿です。常設で展示していています。複写した資料を閲覧することができますよ」

あっけないほどのオーケーであった。その明るい声が何ともありがたかった。直一郎は考えた末に、兎男先生を高知への旅に誘うことにした。先生は「これも風流とは何かの問いの一種だね」と言って、すぐに応諾した。

二人が高知へ旅立つ前日、松岡から厚手の手紙が届いた。冒頭に「調べてみて、すごく勉強になった。僕はさらに寅彦ファンになった」と書かれていた。

寅彦は昭和九年の随筆「思い出草」に「椿の花は最初は俯きで落ち始めて、途中で回転して仰向けになっていく。この流れで行くと虻は伏せられることにならない。所が虻が椿の花に中に入っていると、重くなるので要因の変化で椿の回転の仕方が変化する。よって虻を伏せることも有り得るのだ」と書いていた。

松岡が報告してくれた調査結果によれば、寅彦は自宅と研究所に椿の木を植え、落ちた花の向きを調べた。さらに、空気抵抗の影響を知るために、円錐形の紙模型を使って実験した。その論文のタイトルは「空気中を落下する特殊な形の物体 ― 椿の花 ― の運動について」(On the motion of a peculiar type of body falling through air ― camellia flower)であった。寅彦はニュートンやオイラーの公式など、いくつかの方程式を用いて椿の飛行を解明しようとしたらしい。

虻が椿の花の芯に付着すると、花の重心が移動して反転作用が減じる。普通は反転して上向きに落ちる椿なのに、下向きに落ちやすくなる。つまり、寅彦の〈落ちざまに……〉の句の解釈は「虻を抱え込んだ椿の花が地上に伏せた」というものだ。虻の側から説明すれば「蜜を吸うのに夢中になり、つい逃げられなくなった」状態であった。

松岡は「以下は物理学の専門家が書いていることの孫引きである」と前置きし、次のように書いて寄こした。

「虻が椿の花の重心を変化させたことで、落花は非周期運動を引き起こす。これが寅彦が紙模型を使った実験に取り組んだ末の発見だ。彼は考察を別方向に進め、椿の落下の非周期性は地震が起きた際の余震の頻度の分布と似ている——という仮説も立てた」

寅彦は昭和五年二月中旬、伊豆の伊東付近で地震があった際、その地震の発生頻度の記録を椿の花が落ちるデータと比較し、「オシログラフの模様が酷似している」と指摘したそうである。

寅彦が使った「紙模型」とは何のことだろう。ここまで来ると、実験物理学に門外漢の直一郎には「曰く不可解」であった。親友の協力にはひたすら感謝しなければならなかったが……。

十一

飛行機はふわりと五月の空の中に浮き上がった。「離陸」とはよく言ったものだ。しかし、その感覚は観念の産物かもしれない。写実的に言うならば、彼は単に箱詰めの状態の人いきれの中にいた。

腹に巻いた安全ベルトの窮屈を我慢していた。右横の小さな窓から波の立たない東京湾が見えた。隣の席の兎男先生は膝の上に大学ノートを開き、何かぶつぶつ言っていた。父上の膨大な蔵書を物色し、漱石と寅彦の関連資料をかき集めたそうである。

漱石は椿を素材にした俳句を熊本以外でもいくつか詠んでいた。大正三年というから、漱石が胃病と神経衰弱に苦しんでいた頃だ。〈藁打てば藁に落ちくる椿哉〉、〈活けて見る光琳の画の椿哉〉、〈飯食へばまぶた重たき椿哉〉……。いずれの句にもユーモアが漂い、漱石流が脈打つ。翌四年、自画賛として〈椿とも見えぬ花かな夕曇〉の一句を作った。京都祇園の芸伎に贈った画に添え書きしたものだった。

兎男先生は漱石の絵の複写資料をどこからか見つけ出した。その白黒コピーを直一郎に見せてくれた。それはいびつなる椿の花であった。ナスの実がくずれたようにも見える。しかし、どこか飄々とした味があって気持ちが和む。『草枕』の中で椿の花の深紅を〝囚人の血〟や〝魔性の女の深情〟にもたとえた漱石は十年を経て、絵画の素材に選んだ椿の花の中に滑稽味ある美しさを見出していた。

「漱石も寅彦も絵を描くのが好きだった。そこに〝壺中の天地〟があったからだよ。原稿書きや研究の仕事に疲れ、絵を描く時間の中に飛んで帰る思いだったのではないかな」

兎男先生は自分に語りかけるように言う。画家の一人であるという自負を確認しているのだろうか。そして、俳句教室で説いた〝アカルチュレーション〟を、漱石と寅彦の頭脳の交流の中に見出しているのに違いない。

先生が持つ資料の中に表紙が変色している文庫本があった。『寺田寅彦随筆集』（小宮豊隆編）の第一巻であった。

「これを飛行機の中で読もうかなと思ってね。私が生まれる前に出版された岩波文庫ですよ。若き日の父の読書は驚くべき量であり、段ボール箱に文庫本がぎっしり詰まっていました」

「字が細かいですよね。眼鏡をはずして顔を近づけないと読めないでしょう」

「全部を読む気はない。〝花物語〟という短編があるので、これだけ読めばいい」

「椿も出ていましたか?」

「いや、なかったね。でも、いい文章を読ませてもらいましたよ」

そう言いながら、兎男先生は何を思ったのかペンを胸ポケットから抜き、大学ノートの余白に「楝の花」と書いた。直一郎は問うた。

「なんて読むんですか? どんな花なのか見当もつきません」

兎男先生は「辞書を引いたら何のことはない。〝おうち(あふち)〟の花。別の字で書くと高山樗牛の〝樗〟です。今の季節、つまり初夏に咲く花ですよ」

「楝の花」を表題にした作品が「花物語」の中にあり、「それがいい文章で心に沁みた」という話であった。直一郎は「では、その部分だけ読ませてくださいませんか」と言って、先生の座席のテーブルから文庫本を受け取った。

それは明治四十一年十月に『ホトトギス』に掲載された小品で、九つの花を巡る物語だった。「楝」はその九番目。「一夏、脳が悪くて田舎の親類のやっかいになって一月ぐらい遊んでいた」の一行から始まる掌篇小説である。故郷高知の水辺の風景と、大らかな人情が描かれていた。表題の楝については、「若葉が繁ったあと淡紫色の小さな花を房状に咲かせる。遠くから仰ぎ見ても美しい花である」と記す。その話の展開は「麝香」をめぐり落語のようなオチが用意されていた。

――「そして其麝香といふのは其樹の事かい、それとも又毛蟲かい」と聞く、「ウーン、そりやあその、麝香にも又色々種類があるさうでのう」と、どちらとも分らぬ事をいふ。

この一節に続く締めくくりの文章が、いかにも『草枕』などの漱石の初期作品の文体の影響を受けている人のものだった。

――桶屋は強ひて聞かうともせぬ。桶をたゝく音は向ふの岡に反響して楝の花がほろほろこぼれる。

直一郎はこれを読み、実に爽やかな気分になった。南国の青い空。土佐湾から吹き寄せる海風と「楝の花」を想像し、旅情が高揚するのを覚えた。

二人が乗った飛行機は富士山を右手に見ながら、初夏の大気をかき分けている。「ここで寅彦の俳句を見ておこうじゃないか」と兎男先生が言った。〈粟一粒秋三界を蔵しけり〉、〈山門や栗の花散る右左〉の二句だった。作者名は「牛頓」。寅彦の俳号であり、ニュートンと読ませる。兎男先生はこの二句をどこから探してきたのかは明かさなかった。

飛行機は流体中を進行する物体が進行方向と直角の方向に受ける力を得て前進しているという。直一郎は自分が椿の花と同じように、「ある飛行体」になっていることを思った。椿の花の落下を引き起こすのは重力だが、見逃せない要素として空気の抵抗、物体の形、材質、質量分布、重心の位置……。その現象の解析は難しいことだろう。飛行機に乗りながら、落ちることとの意味を考えている自分は〝非人情〟なのか〝風流〟なのか。

高知空港には坂本龍馬の名が付いていた。なかなかのアイデアである。旅人の一人として「桂浜に立ち寄って、有名な龍馬像に挨拶しておこう」という気持ちになる。兎男先生は「司馬遼太郎の『龍馬が行く』の中に、寺田寅彦のお父さんがちらっと出てくる。竜馬が寺田少年に〝煙草を買うてきてくれ〟と言う場面があったはずだ」と言った。こんな細かいことまで知っている職業俳人の雑識に直一郎は感心した。

目的地の県立文学館は高知城の一角にあった。「寅彦記念室」と名付けられた展示コーナーにくだんの英語論文の草稿が展示されていた。そのタイトルの和訳は「空気中を落下する、ある〝特殊な物体〟の運動について」であり、昭和八年発行「理化学研究所彙報」に掲載されたものという。

ところどころに端正なペン字で修正が施されていた。スケッチも入念であり、若い時から「ホトトギス」に挿絵を提供した寅彦の画才を偲ばせた。学芸員の女史は「館内でひときわ目立つ所に展示しています」と笑顔で説明してくれた。

客の顔つきに何だか興奮している様子が見られたのだろう。彼女は「しばらくお持ちください」と言って、翻訳とミニ解説を複写してくれた。その親切と素早さに直一郎は感激した。

「序」で寅彦は次のように書いていた。和訳であるが。

――研究の動機としては数年前にある先輩から、地上に落ちた椿の花は大抵、面を上にしているのはどうしてかと訊ねられた。私はそれまで、そのことについては気付いていなかったので、どうしてかなと思い、そのことを確めて説明したいと思ったのがはじまりである。なおその上に、この問題は飛行機がループを描く問題と空気力学的に関係があるよう思われた。

それは昭和六年から二年間の観測記録を土台にしている。「落花はほとんど夜間に起こることがわかったので記録は毎朝八時から九時の間に取った」と記される。得られた推論は「落下する際、花の向きを変える最も重要な原因は落ちる花の運動に対する空気力学的抵抗の作用であると考えられる」であった。

二人は寅彦の論文の和訳を読みふけった。というよりは、挑むように文字を追った。〝特殊な物体〟とは椿である。それは単に落ちる花ではなく〝飛行体〟である。では、漱石の〈落ちざまに……〉の俳句の写実性はどのように立証されたのか。直一郎はめんどうくさくなり、学芸員の女史に「ところで、例の椿の句については……」と無遠慮な質問をした。

「それはここ（英語論文）では、単に研究のきっかけですね。質量が重くなると反転しにくい。椿の花の中に虻が入ると落ちた時に反転しにくくなる、と寅彦は考えたようです」

やはり、寅彦は漱石の句の写実性を立証したかったのだと思いたい。〝観念の句〟を主張する人たちに一矢報いたいとも考えたのではなかろうか。寅彦はこの頃に友人に宛てた手紙の中で「落ち椿の研究という珍研究を始めた。いよいよ『吾輩は猫である』の変な物理学者の事を証明しようとしている」と書いている。

「空気中の……」論文は導入部の椿談義の後、本格的な物理学の考察へと移る。寅彦は大きさや開き方が異なる紙製の円錐形を作って実験を繰り返した。この方法により、紙製の物体の落下ならぬ飛行データを解析したのだった。

――円錐の重心の運動と、重心のまわりの回転運動の式を作って解くと、円錐は重心のまわりで振り子のような周期運動をしながら落ちていくことになり、その周期は花の大きさによって決まる。

このように実験結果をまとめながら、寅彦は物理学的な課題として「航空科学の領域における応用として、飛行機がループを描く曲技飛行をする問題と密接な関係があるのではないか」と指摘した。

直一郎はため息をついた。好奇心が不可解の壁に突き当たっている。学芸員女史は「ご参考になるとよろしいのですが……」と言って別の解説文のコピーを渡してくれた。高知県文化賞を受けた上田壽氏の著『寺田寅彦断章』（一九九四年、高知新聞社）の抜粋であった。

同文学館は平成九年にオープンし、寺田寅彦の遺族から千四百点にも上る資料の寄贈を受けた。開館五周年を記念して「寺田寅彦 ― 天然に育まれし眼差し」というタイトルの特別展を開催した時、寅彦が愛用した帽子が初めて展示されて話題を呼んだという。この時の図録も売店にあった。

兎男先生は寅彦の論文よりも、こちらの方がよほど興味深いようだった。寅彦が描いた花の絵十五点が載っていたからである。どの絵もみな静かな、奇をてらわぬ写生画だった。また、昭和十年までに出版された随筆集七冊の単行本の写真が並んでおり、装幀に凝った寅彦の趣味を追うことができた。

二人は帰り際にもう一度、寅彦記念室を眺めることにした。五高時代に漱石の指導を受けて詠んだ俳句の短冊が展示されていた。〈鬼灯やどの子にやろと吹き鳴らす〉。この句には師の添削が入っていた。

寅彦の〝実家〟が保存されていることを知り、桂浜に行く前にタクシーで訪ねることにした。濃い褐色の木造平屋建ての家である。明治が匂い立っていた。寅彦の父親、利正が明治十三年に購入したものだが、戦災で焼けたので茶室と書斎だけが当時のもので、母屋は市の教育委員会が復元して公開している。大造りの屋根が印象的だった。

待たせていたタクシーの運転手に直一郎は「この辺りに棟の木は生えていませんか」と尋ねてみた。その答は素っ気なかった。

「オウチ？　どんな木ながやろか。この辺は松ばかりがよ。椿も多いけんが、みな散りよって花は無いがぜよ」

南西に向かって車を走らせると、砕ける波の音が響いてきた。高波が押し寄せる土佐湾の広々とした景色が眼前にあらわれた。やがて黄色い大きな月が出た。

十二

南国の初夏の闇が森を覆っていた。その中に城が聳えている。濠の水が微かな光を放っており、何やら大きな温かさが感じられた。直一郎は高知城近くのホテルから北海道の松岡に電話した。

「夜遅くに申し訳ないが、電話したくなった。僕はいま高知だが、寅彦の例の論文を見

つけたぜ。タイプ打ちの英文原稿だった」

「良かったじゃないか。でも、文系の君に中身の解読は無理だっただろう?」

「そこは感覚の問題だよ。にわか俳人の観点から、漱石と寅彦の〝風流〟に迫っている」

「それで収穫があったのかね」

「確かにあったね。君が送ってくれた本や資料が、ずいぶんと理解を助けてくれた。その礼を言うために電話した」

「ああ、わざわざありがとう。こっちこそ、知的な散歩を楽しませてもらったよ。結局、君はどのように理解したのかね?」

「漱石の〈落ちざまに……〉の句は実景なりだ。椿は作者の〝壺中の天地〟への通り道に咲き、かつ落ちたのだ。虻は作者の自己を投影している」

「ん〜む。そんなところかな。ちょっと違うような気もするが……」

「『草枕』の椿の花の場面だけに拘ると見失うものがある。俳句小説としての全体的な味わいの中から、この一句も考えるべきだろう」

「俺が言ったことと似ていないかな?」

「そうだっけ。それは失礼」

「ところで、にわか俳人の君としては、良い作品ができたのかね。どうせ、桂浜に行って一杯飲んだのだろう？」

「その通り。いま寝床で会心の一句を思案しているところだ」

「朝になって海に飛び込むなよ。龍馬の像に見られていると、愚か者は妙な気を起こすからな」

「〈万緑や月下の巨人海に入る〉……はどうか」

「ん〜む。でかい龍馬像が動き出すという幻想か。でも漢文と間違えているんじゃないか。やり直しだね」

いつものように憎まれ口をたたき合ったが、松岡は原因が分からぬままに両膝を痛めているらしい。このところ写真撮影にも出かけていないと言った。直一郎はそのことが気になった。このため、晩年の漱石が椿を好み、さかんに俳句や水彩画の題材にしたという話をしそびれてしまった。

翌朝、早めの飛行機に乗り込むことにした。職業俳人はその午後、都内で開く講座に駆け付ける予定があるという。この小旅行で兎男先生はいくつかの句を得たようである。飛行機の中では離れた席で目をつぶっていたが、時々、和綴の帳面を出しては筆ペンで何か書いていた。直一郎には見せてくれなかったが。

武蔵野の一角の自宅に着いたのは正午前であった。細君は勤めに出ている。居間の大机の上にプラスチック製の籠が置かれ、洗い済みの衣類が山盛りになっている。「おかえりなさい。テニスの服を洗っておいてあげたので、早めに干してください」とのメモが置かれていた。

晴れ上がった空の下で洗濯物を広げるのも悪い気分ではない。白い衣類に薫風が沁み込んでくるようである。隣家の樹木でメジロがしきりに鳴いていた。

物干し台から見下ろす市道に永野夫人が恍惚の足取りを運んでいた。立ち止まっては、腰に両手を当てている。空を見上げ、夏らしい風情の浮雲に向かって何かを言っていた。

「永野さ〜ん。あまり遠くに行ってはだめですよ」

直一郎が声をかけたが、聞こえなかったようだ。老婦人は腰に両手を当てながら、ゆっくりと坂道を登って行く。物干し台の下に枝を広げた夏蜜柑の葉に大きなクロアゲハがまとわっていた。

初夏の日差しが武蔵野に透明感を与えている。直一郎は火をつけないパイプをくわえながら、漱石全集の第一巻を手に取った。『吾輩は猫である』中の「寒月君」をチェックしておく必要がある。バイオリンの話題や歯が欠けた話、そして奥さんを連れてきて挨拶する場面は寅彦との交流の事実に基づくらしい。

表紙に「漱石山房」の印がある全集第一巻で『猫』は二百八頁分あった。直一郎は眼鏡の上に拡大鏡のグラスを付けて読み進めた。「寒月君」は大学院で地球の磁気を研究している長身の好男子であり、「首縊りの力学」について理学協会で演説する秀才だ。「猫」の飼い主、主人公「苦沙弥」を励ます脇役四人組の中では最も「眞」を貴ぶ人物。漱石の目に寅彦はそのように映ったのであろう。

その博士論文は「蛙の眼球の電動作用に対する紫外光線の影響」だった。この部分に直一郎は記憶があった。彼が岩波文庫の『猫』を読んだのは中学三年の時であり、生物部の水槽でトノサマガエルを飼育していた頃だった。小説の中の架空の論文のタイトルの奇抜さが印象的だった。

『三四郎』の「野々宮宗八」も寅彦がモデルという。理科大学の穴倉で毎夜、光線の圧力について試験する学問第一主義の三十歳の男として描かれていた。

来客頻繁になった漱石は鈴木三重吉の発案で、面会日を「木曜日午後三時以降」に定めた。しかし、寅彦だけは客のいない普通の日を選んで度々訪れたらしい。漱石にとっては十一歳下の教え子であるが、兄弟のように親しそうに見えたという。

漱石が寅彦に宛てた愉快な葉書が残っていることを知った。その日付は明治三十三年九月六日。漱石はイギリス留学に旅立つ際に新橋発の列車の時刻を知らせておきながら、「御見送御無用」と書いて寄こした。その余白に〈秋風の一人を吹くや海の上〉の一句が添えられていた。寅彦は大正六年の俳誌『渋柿』漱石追悼号で、英国に渡る恩師を見送った日の場面を想い起こし、短歌〈帽を振り巾振る人の中にたゞ黙して君は舷に立ちし〉を寄せた。

直一郎は俳誌『渋柿』についても文学事典で調べてみた。寅彦と同年齢の松根東洋城（一八七八〜一九六四）が三十七歳の時に創刊した俳句雑誌である。「芭蕉に於てなされし如く『連句』を大切にす。之に依り多く俳諧を闡明し拡充し高揚す」と宣したことで知られる。この主張は寅彦の「俳諧」に関する考え方とも軌を一にするものであったようだ。

寅彦の俳号は「寅日子」。大正十二年から同誌上において芭蕉一門の連句を次々に取り上げて評釈した。同十四年からは東洋城、寅彦のコンビに盟友の小宮豊隆を加え、三人歌仙を連載した。この頃の寅彦は「発句が唯一枚の写真であれば、連俳は一巻の映画である」とエッセーで書いている。昭和十年十二月に死の床に就くまで、毎週金曜日に約二時間、東洋城との両吟を欠かさずに続けたらしい。東洋城は「俳諧に立つ限り寺田君は（中略）強い元気な獅子猛心の保有者であった」と回想している。

直一郎は、市立図書館の検索サービスの協力を得て小宮豊隆の「寅彦の思い出」という文章にたどり着くことができた。昭和六年まで約八年間、『渋柿』誌で三人歌仙の仲間だっただけに、寅彦の俳諧観を巧くまとめていた。

――（寅彦は）ヒラリヒラリと自分自身の世界から抜け出して、自分の世界ではない、自分よりも高い世界に飛び移って自分を見下ろし、自分を客観し、自分を批判したり、自分の悩みをくつろげたりする習練を重ねていたのである。これを寅彦は〝俳諧〟と名付けていた。

寅彦に言わせれば、俳句とは「（日本人の）特異な自然観の詩的表現」であった。岩波文庫の『寺田寅彦随筆集』（小宮豊隆編）第五巻に収録された「俳句作法講座」が執筆されたのは昭和十年十月。彼が他界する僅か二カ月前のことだった。

――雄弁な饒舌は散文に任して真に詩らしい詩を求めたいという、そういう精神に適合するものがまさにこうした短詩形であろう。こう考えて来ると、和歌と俳句は純粋な短詩の精神を徹底的に突きつめたものであり、またその点で和歌よりも俳句のほうがいっそう極度まで突きつめたものだということになるのである。

――環境条件として古来の短詩形の伝習によって圧縮が完成され、そうしてできあがった語彙の象徴的効力がそれぞれに分化限定されたこと、それらの条件が具備して、そこではじめて俳句という世界に類のない詩が成立したということである。

これは二十枚ほどの随筆、というよりは小論文であった。俳句が用いる言語の一つひとつに歴史的、文化的な価値が含まれ、その意味を理解しながら詩をつくることが「俳句を詠む」ことだ、と寅彦は説くのだった。

「風流」の概念については以下のように述べている。

――「風流」といい「さび」というのも畢竟は自己を反省し批評することによってのみ獲得し得られる「心の自由」があって、はじめて達し得られる境地であろうと思われる。

このように、彼は「風流」の前提条件として「自己を反省し批評する」ことを求めていた。それは彼の俳句に臨む真摯な態度のあらわれであろう。俳句を作る際の遊び半分の姿勢を戒める言葉として直一郎は受け止めた。

哲学者の安倍能成（一八八三～一九六六）が寺田寅彦の葬儀で読んだ弔事も読むことができた。寅彦は初期作品の「団栗」で描いたように、若くして最初の妻を失った。二人目の妻も四人の子供を残して病没した。自分自身も絶えず病魔に苦しめられた。親友の安倍は「若し君に角度を転じてこの苦患を静観し表現する俳諧的境地と、君をよく学問的研究に遊ばしめた無尽の興味と歓喜とがなかったならば、君の弱き背骨に負はされた人生の重荷はまことに堪へ難きものがあったであらふ」と述べた。厚い友情が滲み出ている。

直一郎の気分の中で高知への旅がようやく終わろうとしていた。椿の落花に釣られ、土佐まで行って海を眺めた。それが「風流」の考察になったかと言えば、納得するには程遠いものがある。だが、漱石と寅彦の合作である〝アカルチュレーション〟の断片の確実な部分に触れた思いがするのだった。

自らに与えた命題もようやくにして輪郭が見えてきた。「壺中の天地」の言葉の持つ意味が急に具体的になったような気がした。その世界がなぜ切実なものであるのかが、少しは分かってきた。

――「心の自由」を求める苦闘。その産物としての俳諧。それは現実からの逃避ではなく、宿命に対峙する命がけの表現の場であったのだ。ここに「風流」に通じる道がある。

そんなことを考えながら、直一郎は高知文学館で集めた資料を整理した。そこに子ども向けのものが混じっていた。寅彦の一生を絵入りで紹介したシートである。挟まれた報文の中に、小学生たちが机の上に乗り、一段高い場所から紙の飛行体を飛ばす写真が載っていた。

同館は画用紙で椿を模した円錐形を作り、〝寅彦式の落下の実験〟を体験するイベントを行っているらしい。まさに俳諧味に富むアイデアと言えるだろう。直一郎はあの親切な学芸員女史の笑顔を思い浮かべ、「がんばっているな」と思った。

それから何日かが過ぎた。細君が体験農園でズッキーニと枝豆を収穫してきた。それはすこぶる美味だった。六月の第一土曜日に行われる俳句教室に向けて句を作らなければならない。直一郎は二階の書斎の窓辺で腕を組んだ。「棟」が「樗」だと聞かされたことに想を得て、〈夏めくや無用の用の畑仕事〉と作ってみた。これも観念の作ではあるが……。

一階では細君が「ルーちゃん、がんばって」と言いながら、小型のロボット掃除機のボタンを操っていた。書斎の階段を下りた直一郎は「風流」の心境を見せつけるように彼女に声を掛けた。

「〝四通八達〟の夏の風が気持ちいいね。僕にもようやく風流が身についてきたよ」

「それは良かったですね。庭の木や植木鉢の花たちも頑張っていますよ。時々、水をやってくださいな」

「それにしても、棟ってどんな木なのだろうか。それこそ人を爽やかな気分にする花らしい。一度、見てみたいものだ」

「そういうのはね、ネット検索すれば、すぐ写真が出てきますよ。スマホも頭の体操ですよ」

細君との会話はどうしても俳諧味に欠ける。彼女はしきりに指先を動かしていたが、液晶画面を見つめて「あっ、これね」と小さな声を上げた。

「ここには、〝オウチ（棟）はセンダン（栴檀）とも呼ぶ〟って書いてありますけど……」

「えっ、何だって。どういうことだ？」

「お隣の永野さんの家の庭に生えているのがセンダンじゃないですか。俳人のくせに、それも知らなかったんですか」

「……」

「いまも薄紫色の花が咲いていますよ」

「そういうことか。〝青い鳥〟は近くにいたんだな」

「何ですか、ツバキの次には今度はセンダンですか？　よその家の庭の木ですからね。花なんか拾い集める奇行は止してくださいよ」

細君はさかんに面白がっている。横目使いに直一郎の顔を覗き込み、朗らかな笑い声を立てた。

（了）

あとがき

二〇一九年十一月の北朝鮮への旅は鉄道好きの友人に誘われて実現した。入国手続がめんどうくさくて閉口したが、興味深いことが多々あり、見聞きしたことを書いておきたいと思った。しかし、お役所の通達に反するとかで仲介の旅行業の人が〝いじめ〟を受ける可能性があり、「三年間ほどオープンにしないでくれ」と言われた。

ルポルタージュではなくて小説ならばいいだろうと、百部発行の「山形文学」百十一号に「野水仙の彼方に」というロマンチックなタイトルを付けて写真付きで掲載したが、世間からの反応は全くなかった。ある老作家から「個人が監視されている北朝鮮でこんな自由な会話ができるわけがない」と一蹴されたが、それは当たらない。今回、紀行風小説として大幅に書き改め、タイトルも鉄道旅行を直接的に示す「平壌号」とした。内容はおおむね事実に沿うが、あくまで一つの物語として脚色している。

拉致問題やミサイル発射は言語道断だ。こちらの怒りを伝える方法として経済制裁も当然だと思う。しかし、彼の国に住んでいる人たちは普通の人たちであり、日々の衣食住に追われ家庭の平安を願っている。そんな当然のことが意外に忘れられているのではなかろうか。もろもろの制裁で本当に困窮するのは一般市民である。いつの日か政治体制が変われば、過去のしがらみを乗り越えて親交できる。そんな思いを込めて書いた。

スマホでひそかに撮った写真をカットに使った。「写真付の小説なんて〝邪道〟だ」と批判されるが、フィクションの形式にしなければ書けない事もある。虚構であるがゆえに真実に迫ることができるのが小説の持ち味であり、いろんな形式を試みることが許されるジャンルだと私は思っている。しかし、肩身が狭いところもあるので、カット写真には説明を付けなかった。物語の背後について考える際の手助けになればと思う。今後も地図や写真を使うルポ風小説を試みるつもりだ。

表題作「椿飛ぶ天地」は時間をかけて私の中で熟した物語だ。自分としては俳句小説だと思っている。椿の花を拾い集めて数え、高知の文学館で寅彦論文にあたるなどは実話だが、俳句教室の「毛利兎男」先生は架空の人物である。

初出は俳句雑誌「杉」に三年余にわたって連載した「逢月打花抄」の一回分で、四百字詰め原稿用紙で五枚ほどの小エッセーだった。これを二十枚に膨らませて、毎日新聞社会部の先輩、堤哲氏が編集幹事をしている「ゆうＬｕｃｋペン」に掲載したところ、割と好評だった。そこで小説にしてみようと思ったが、存外に手間どった。同人誌「四人」と「山形文学」に創作ノート的な原稿を載せたうえで、ようやく作品と言えるものに仕上がったかなと思う。俳句を趣味にしている人に読んでもらいたい。

私は新聞社を退職してから俳句の教室に通い始め、現在、西稲俳句サロンに毎月五句、「杉」誌上に隔月で五句、「WEP俳句年鑑」（ウェップ社刊）に毎年七句を出している。「俳句とは何か」という問に愚考を重ねてきたが、その一つのまとめがこの小説であると自分では思っている。

実は大学生の頃から俳句結社の雰囲気には触れていた。私は東京世田谷区の六年制の中学高校に通ったが、同窓生に「風花」主宰の中村汀女さん（一九〇〇〜八八）の孫がいて、その縁から父母会を対象に俳句教室が開かれていた。母がそこで指導を受けていた。汀女先生がご高齢を理由に教室を閉じる時、生徒たちが移籍した先の指導者が、駒場公園内で教室を開いていた「寒雷」の編集長の森澄雄氏（一九一九〜二〇一〇）だった。

森氏はのちに「杉」を創刊。あるとき私は、母が所属する「杉」土曜会の季節のお届け物を持参する使い走り役をさせられ、練馬区大泉学園の森邸を訪れた。

二十歳だった私は美術と歴史に関する先生の博識に圧倒された。以来、なんとなく俳句を作っては朱を入れていただくようになった。〈降りまくる雪を嘲り青二才〉〈対岸は火事の騒ぎよ春の月〉といったバンカラ俳句を作りながら毎月一度、「杉」誌の発送を手伝った。「君は教職（課程単位科目）を取っているみたいだが、教員よりも新聞記者の方が向いているんじゃないか」と言われ、その通りになった。森先生はその頃、都立高校の世界史の教諭をつとめていた。

この「椿飛ぶ天地」が単行本として上梓されるについては、まず老人ホームで起居する九十四歳の母悦子に、そして十三回忌が過ぎた故森澄雄先生に謝意を捧げなくてはならない。椿の絵のカットは森先生のご子息の潮さん（「杉」主宰）に描いていただいた。彫刻家の村上勝美氏、書家の石塚静夫氏、さまざまなアドバイスをくれた清島秀樹君、松尾誠之君、論創社の森下社長に心から「ありがとう」と言う。

二〇二三年三月、北多摩の陋屋にて　　滑志田　隆

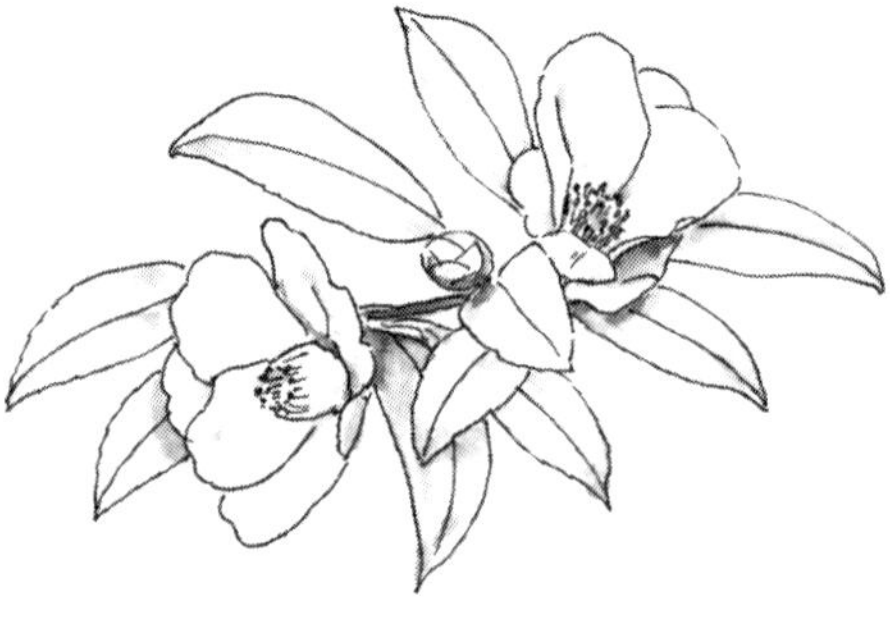

滑志田 隆（なめしだ・たかし）

1951年神奈川県生。早稲田大学政治経済学部卒。1978～2008年、毎日新聞記者（甲府支局、社会部編集委員、山形支局長、人口問題調査会部長委員）。～10年、大学共同利用機関法人・統計数理研究所客員研究員。～15年、国立研究開発法人・森林総合研究所常勤監事。～19年、内閣府みどりの学術賞選考員。現在、国土緑化推進機構事業評価委員、日本記者クラブ会員。日本山岳会員。「杉」「西北の森」同人。Ph.D（政治学）。著書＝論文『地球温暖化問題と森林行政の転換』、小説『埋もれた波濤』『道祖神の口笛』（論創社）など。

椿飛ぶ天地

2023年5月20日　初版第1刷印刷
2023年5月30日　初版第1刷発行

著　者　滑志田隆
発行者　森下紀夫
発行所　論 創 社
東京都千代田区神田神保町 2-23　北井ビル
tel. 03（3264）5254　fax. 03（3264）5232　web. https://www.ronso.co.jp/
振替口座　00160-1-155266
装幀／奥定泰之
題字・揮毫／石塚静夫　本文カット／森潮　彫刻／村上勝美
印刷・製本／中央精版印刷　組版／フレックスアート
ISBN 978-4-8460-2240-2